ALAN WATT

Die Musik der Wüste

ALAN WATT

DIE *MUSIK* DER WÜSTE

ROMAN

Aus dem Amerikanischen
von Karl-Heinz Ebnet

GUSTAV LÜBBE VERLAG

SONNTAGNACHT

1

Ich war wütend. Wir waren bei Fred Billing, der in einem Farmhaus außerhalb von Carmen wohnte. Freds Vater war Hühnerzüchter, weshalb das ganze Haus nach Hühnern stank. Er ließ sie einfach in ihrem mit Maschendraht umwickelten Pferch frei herumlaufen. Deswegen mochte ich Freds Vater. Er hätte sehr viel mehr Geld verdienen können, wenn er die Hühner in Käfige gesperrt und sie mit irgendwelchem minderwertigen Hormondreck gefüttert hätte. Stattdessen ließ er sie einfach herumlaufen.

Mr. Billing war an diesem Abend mit seiner Frau nach Vegas gefahren, um Dorothy Hamill in *Enter the Night* zu sehen, also hatte Fred beschlossen, eine Fete zu organisieren. Die meisten, die da waren, spielten im Football-Team. Sie waren alle unten und ließen sich voll laufen oder saßen draußen um das Feuer. Wenn es spät wurde, landeten wir meistens bei Fred. Das Haus war zwar nicht leicht zu erreichen und noch nicht mal besonders angenehm, aber seine Leute ließen uns in Ruhe, und deswegen sackten wir dort immer ab.

Fred spielte Center. Er war groß, breit, seine Stirn war ein einziger fleischiger Wulst, und sein Unterkiefer ragte irreparabel weit nach vorn. Mit Genetik kenne ich mich nicht besonders aus, aber wenn man sich seine Leute so ansah, wusste man, dass Fred im vorgerückten Alter nicht unbedingt hübscher werden würde. So gut wie jetzt würde er wohl nie mehr aussehen, auch wenn man sich das nicht so recht vorstellen konnte.

Seine Freundin hieß Amy; sie war klein und dünn und hatte große Brüste. Sie sah aus wie ein kleines Mädchen in einem Frauenkörper. Und sie hatte nur ein Auge. Als sie sechs Jahre alt war, ließ ihr Vater in einer Kaffeedose Feuerwerkskörper hochgehen, und das Ganze war ihr ins Auge geflogen. Die Ärzte setzten ihr ein Glasauge mit einer blauen Iris ein, das nicht ganz zum anderen Auge passte. Trotzdem war sie recht nett, und Fred war verrückt nach ihr; ganz klar, sie sah in Fred etwas, das die anderen Mädchen nicht sahen.

Ich war oben im Schlafzimmer von Freds Eltern und lag mit meiner Freundin Lenore auf dem Bett. Ich hatte ihr das Shirt ausgezogen und mich mit dem Mund an einer ihrer großen braunen Brustwarzen festgesaugt. Und mit den Händen versuchte ich unter ihre Shorts zu kommen, aber sie packte sie jedes Mal und legte sie wieder auf ihre Brüste. Das ging schon eine ganze Weile so. Ich meine, über ein Jahr. Und deswegen wurde ich wütend.

»Ich kann nicht«, sagte sie.

Ich hatte meine Jeans runtergelassen, und mein Penis schien sich bis in den Himmel zu recken. Sie berührte ihn für eine Sekunde – ihre langen, weichen Finger strichen über den Ansatz nach oben. Und dann hörte sie auf. Meine Gedanken rasten, verzweifelt suchte ich nach den richtigen Worten, damit sie weitermachte, aber alles, was mir einfiel, war: »Noch ein bisschen.«

»Ich kann nicht.«

Ich stieg vom Bett und zog die Jeans hoch.

»Was ist los?«

»Ich pack das nicht mehr«, sagte ich.

»Was?«

»Keinen Sex zu haben, das!«

Und dann begann sie zu weinen. Ich wusste nie, was ich tun sollte, wenn sie weinte. Ich stand da und fühlte mich schuldig und außer Kontrolle. Sie sagte mir immer, ich solle es nicht *persönlich* nehmen, als wäre ich ein anderer, mit dem sie auch keinen Sex haben wollte. Ich wusste nicht, warum sie immer sagte, dass sie auch mit anderen keinen Sex wollte. Ich *wollte* es persönlich nehmen. In meinem Kopf drehte sich alles. Ich ging aufs Klo, starrte in den Spiegel und überlegte, ob ich mir einen runterholen sollte. Da klopfte es an die Tür.

»Was willst du?«

»Was ist mit Lenore?« Es war Reed, mein bester Freund.

»Weiß ich nicht.«

»Mann, sie flennt.« Ich wollte, dass er verschwand. »Was machst du da drin?«

Ich öffnete die Tür. Reed war betrunken, er hatte zwei Bierflaschen in der Hand und hielt mir eine davon hin, dabei sah er mich mit weit aufgerissenen Augen und starrem Blick an.

»Das ist unser Jahr, Mann. Das ist unser Jahr. Diesmal packen wir es … verdammt … verdammt noch mal, wir schaffen es bis ins Finale!«

Er umarmte mich. Ich hatte noch immer eine Erektion; ich drückte die Hüfte nach hinten, damit er sie nicht bemerkte. Er schluchzte fast. Wenn er von Football sprach, wurde er immer rührselig. Beinahe hätte ich auch zu weinen begonnen. Reed hatte diese Wirkung auf mich. Aber ich konnte nicht einfach so drauflos heulen. Das gehörte nicht zu den Dingen, die mir mein Vater beigebracht hatte. Mein Vater nahm so etwas sehr persönlich. Das hatte ich früher nicht verstanden, aber jetzt verstehe ich es. Es war einfach zu viel für ihn.

Reeds Familie war von Bakersfield nach Carmen gezogen, als er acht Jahre alt gewesen war. Er kam mitten im Schuljahr in die Klasse und sah ziemlich hart und gleichzeitig verschüchtert aus. Er setzte sich im Klassenzimmer ganz nach hinten, und alle Kinder starrten ihn an. Nur ich nicht. Ich blickte weiterhin zur Tafel und tat so, als würde ich dem Unterricht folgen. In der Pause ging ich ihm zum Ende des Spielfelds nach.

»He!«

»He!«

»Wo zum Teufel ist Bakersfield?«

»In Kalifornien.«

»Warum bist du umgezogen?«

»Mein Daddy ist Automechaniker, er hat hier einen Job bei seinem Schwager bekommen.« Reed redete anders als wir, er sprach langsam, und dabei wanderte sein Blick über dein Gesicht, als würden seine Augen einen Platz zum Landen suchen. Ich spürte dieses angespannte Pochen in mir, aber ich hatte Angst, und deshalb fragte ich ihn, ob er sich prügeln wolle. Er sagte, wenn ich wollte, dann würde er das tun, aber lieber würde er mit mir bis zum Schulgebäude um die

Wette laufen. Also liefen wir um die Wette. Er lag von Anfang an in Führung. Ich hoffte, er würde müde werden, aber das geschah nicht. Am Ende hatte er zwanzig Meter Vorsprung. »An meiner … letzten … Schule … war ich … der … schnellste … Läufer«, erzählte er mir keuchend.

Als wir dann die Schule betraten, stellte ich fest, dass wir exakt miteinander Schritt hielten. Den meisten Leuten ist man entweder ein wenig voraus oder man hängt ihnen hinterher, sodass man irgendwann völlig aus dem Takt kommt – mit Reed ging es völlig mühelos; es war eines der Dinge, über die man noch nicht einmal nachdenken musste.

Wir tranken unser Bier aus und gingen nach unten. Lenore stand an der Küchentür und unterhielt sich mit Amy. Als sie mich sah, drehte sie sich weg. Amy nahm sie an der Hand und zog sie in die Küche. Es machte mich wütend, wenn ich wusste, dass sich jemand hinter meinem Rücken über mich unterhielt. Vor allem, wenn es Mädchen taten. Mädchen konnten jeden Typen schlecht aussehen lassen. Einmal hatte uns Paula Bell von einem Typen erzählt, der sie mochte, und während er gelacht hatte, war Rotz aus seiner Nase gespritzt und auf ihrem Kleid gelandet. Aber so wie sie das erzählt hatte, klang es, als sei er einfach ein beschissener Penner. Von da an nannten wir ihn nur noch Rotz.

An seinen richtigen Namen kann ich mich nicht mehr erinnern. Nur noch an Rotz. Ich wollte mich bei ihm immer entschuldigen – ihm erklären, dass ich es nicht so gemeint hatte. Aber ich habe es nie getan. Manchmal denke ich, wenn ich nicht Schiss davor gehabt hätte, mich bei ihm zu entschuldigen, dann wäre das alles vielleicht nicht passiert. Ich weiß es nicht. Vielleicht war es unausweichlich. Vielleicht hatte das, was geschah, überhaupt nichts damit zu tun.

Aus dem Wohnzimmer kam lautes Gegröle. Ich ging immer dahin, wo es laut war. D. J. Farby lag mit dem Rücken auf dem Boden, und Craig Nutt und Benny Jericho flößten ihm aus einem Gummistiefel Bier ein. Als sie mich bemerkten, schrien alle: »Garvin!«

Ich sperrte den Mund auf und ließ das Bier in den Magen rinnen, ohne dabei zu atmen. Wenn man atmet, konnte man ertrinken. Ich lag da und spürte sofort die Wirkung des Alkohols. Hinten in meinem Kopf wurde es warm, und für einige Sekunden war ich nicht mehr wütend. Meine Augen fühlten sich an, als schwammen sie in ihren Höhlen und könnten sich jeden Moment lösen. Ich lag nur da und hörte Nirvana, die aus der Stereoanlage dröhnten.

»Du kranker Arsch«, schrie Craig Nutt, unser stöpseliger Halfback. Er hatte einen langen Oberkörper und winzige Arme und Beine, deshalb nannten wir ihn Pinguin.

Als ich aufstand, begann sich der Raum zu drehen. Benny und Pinguin hielten mich fest. Ich sagte ihnen, dass ich sie liebte. Ich torkelte durch das Zimmer, schrie mit Kurt Cobain und erfand meinen eigenen Text.

I'm a screamer, you're a bleeder,
You're a squealer, I'm your dealer!

Es war alles egal. Wir waren alle betrunken. Die Musik dröhnte, und ich fühlte mich unschlagbar. Und dann, als ich am Fenster vorbeikam, das nach vorn rausging, erblickte ich die beiden spindeldürren Jungs, die über Fred Billings Einfahrt auf das Haus zuschritten. Ich weiß nicht mehr, wie es geschah. Ich weiß nur noch, dass ich draußen war und einen der beiden mit dem Gesicht in den Dreck drückte. Er hieß Kevin Bottoms und war der Freund von Ian Curtis, der mit zitternden Knien aus sicherer Entfernung zusah.

Ian Curtis war nur Haut und Knochen. Wahrscheinlich brachte er gerade mal vierzig Kilo auf die Waage. Ich erinnerte mich daran, ihn in der Cafeteria gesehen zu haben. Die Sportler saßen alle an einem Tisch, lachten lauthals, stießen sich an, und Ian saß bei seinen Freunden und sah mit seinem verschlossenen, ängstlichen Blick zu uns herüber, als würde er was Bestimmtes vermissen.

Irgendjemand zerschlug immer einen Teller. Das war an unserem Tisch fester Bestandteil des Mittagessens. Derjenige, der den Teller fallen ließ, gab dann vor, fürchterlich entsetzt zu sein. Wenn es Pinguin war, tat er so, als würde er jeden Moment zu flennen beginnen, während ein Lehrer bereits angeschossen kam, um sein Donnerwetter abzuziehen. Manchmal glaubten sie uns auch drohen zu müssen, wie: Der Nächste, der seinen Teller fallen lässt, müsse eine Woche lang länger bleiben, aber das passierte niemals. Alle anderen klatschten und lachten, und wir standen im Mittelpunkt.

Ich erinnere mich noch genau an den Tag, an dem Ian seinen Teller fallen ließ. Er war an unserem Tisch vorbeigegangen, und plötzlich hatten wir es knallen hören. Alle begannen zu johlen und zu kreischen, nur wir nicht. Ian grinste. Er hatte es absichtlich getan. Alle Schüler drehten sich in unsere Richtung; sie wollten sehen, was wir taten, und als sie bemerkten, dass wir nicht applaudierten, verstummten sie nahezu augenblicklich. Plötzlich war es sehr still. Er stand da, er war nun ganz allein, hob seinen zerbrochenen Teller auf, und aus seinem Grinsen wurde Panik. Seine Wangen, seine Stirn, sein Hals, alles lief plötzlich so dunkelrot an, wie ich es noch nie an einem Menschen gesehen hatte. Und dann rief jemand: »Er hat sich in die Hose gepinkelt!« Ich glaube nicht, dass er das wirklich getan hat. Wahrscheinlich war es sein verschütteter Apfelsaft, der über die gesamte Länge seines Hosenbeins einen dunklen Fleck hinterlassen hatte. Aber alle begannen »Pisser, Pisser, Pisser« zu schreien. Er hob die Reste seines Essens auf, legte sie auf das Tablett und warf es in den Abfall. Wir schrien so lange, bis er aus der Cafeteria und außer Hörweite war. Aber nach einer Sache wie dieser ist man nie außer Hörweite.

Ich drückte also Kevin Bottoms Gesicht in den Dreck und zwang ihn zu sagen: »Ich will zu meiner Mami.« Er musste es zwanzigmal sagen, bevor ich ihn loslassen wollte, aber nachdem er es siebzehnmal gesagt hatte, wiederholte ich immer nur: »siebzehn«.

»Das war zwanzig«, sagte er.

»Wer liegt mit der Fresse im Dreck?«, fragte ich ihn.

»Ich«, sagte er. Und in dem Moment spürte ich, wie die Wirkung des Biers nachließ. Ich war nicht mehr betrunken. Ich sah mich selbst, wie ich den Jungen mit dem Gesicht in den Dreck drückte, und alles, woran ich denken konnte, war mein Vater.

An jenem Abend hatte ich meinen Vater gefragt, ob ich seinen Wagen haben könnte. Er fuhr einen tadellos erhaltenen 67er Eldorado, in einer Farbe, die ich in der Wüste noch nie zuvor gesehen hatte, eine Farbe, die ich lange Zeit nicht einordnen konnte. Es war die Farbe von Rost. Er hatte aus seinem Sessel aufgeblickt, die Eiswürfel in seinem Glas geschwenkt und gesagt: »Was willst du für mich tun?« Sein Blick war glasig, und er hatte dieses verächtliche Halblächeln aufgesetzt.

»Was meinst du?«

»Was meine ich wohl?« Er starrte auf den Fernseher. »Ich meine, was willst du für mich machen?«

»Was willst du denn?«

Im Fernseher lief eine Schlaftablettenwerbung, in der die Tablette sang, dass man durch sie sanft einschlummern würde, um dann frisch und munter wieder zu erwachen. »Ich will, dass du singst.«

Ich starrte zu Boden. Ich hatte keine Lust zu singen. Ich wollte nur weg.

»Meinst du, in einem Chor oder so was?«

»Nein. Ich will, dass du diese Werbung singst.«

Ich spürte, wie es mir die Kehle zuschnürte. Ich wollte sagen, dass ich den Text nicht kannte, aber es kam nur Luft heraus. Alles, was ich sagte, war »… Text«.

»Was?«

»Ich kenne den Text nicht.«

Er brach in schallendes Gelächter aus. »Dann erfinde ihn eben.«

Ich sang eine Minute lang. Er lachte nicht, er gab keinen Laut von sich. Er saß nur da und starrte mich an. Ich setzte kurz aus, aber er sagte: »Die Minute ist noch nicht rum.« Also sang ich weiter. Eine volle Minute lang, ich erfand den Text, hasste ihn, hasste mich, aber ich sang – weil ich wusste, dass er mir den Autoschlüssel geben würde.

Ich hatte mit Pinguin getauscht. Er hatte jetzt Kevin Bottom an den Fußknöcheln gefasst und ließ ihn im Vorgarten der Billings im Kreis herumschwingen, während ich Ian Curtis verdrosch. Er flehte mich an, aufzuhören. Die meisten Mädchen rollten mit den Augen und gingen nach drinnen, aber einige sahen zu und unterhielten sich mit den anderen Typen. Ian jammerte und flehte mich an, endlich aufzuhören. Aber je mehr er jammerte, umso lauter wurde die Stimme, die mir sagte, ich solle weitermachen. Erst als Pinguin keine Lust mehr hatte, Kevin im Kreis fliegen zu lassen, wusste ich, dass ich aufhören musste. Ich spürte einen regelrechten Stich der Verzweiflung.

Ich erinnere mich, ihnen nachgeblickt zu haben, wie sie Freds Einfahrt entlangliefen, ihre spindeldürren Beine flogen über den Schotter, Ian hing die Unterwäsche aus der Hose, und Kevin schrie nur: »Lauf!« Ich warf ihnen eine Bierflasche nach, nur um zu hören, wie sie zersplitterte. Ich wollte das lärmende Lachen meines Vaters zum Verstummen bringen, als er mir den Schlüssel gereicht und gesagt hatte, ich solle mich verdammt noch mal davonmachen.

Ich erinnere mich, dass ich versuchte, Ernie Gates ins Feuer zu stoßen. Alle lachten, aber mir war es ernst – ich hatte seinen Kopf in der Armbeuge und zerrte ihn zu den Flammen. Und er hatte Angst. Er rammte mir den Ellbogen in die Rippen, ein Stoß, den ich am nächsten Tag unweigerlich spüren würde. Aber an diesem Abend spürte ich nichts. Ich war im Begriff, die Kontrolle zu verlieren. Wie Reed gesagt hatte, es war unser Jahr. Ich war der erste Quarterback der Carmen High School. Ich hatte den besten Arm in Nevada, und dieses Jahr würden wir es ins Finale schaffen.

Ich erinnere mich, Ernie mit der Faust ins Gesicht geschlagen zu haben, und seine Nase begann zu bluten.

Ich erinnere mich, Fred gesagt zu haben, er solle sich um seinen eigenen Kram kümmern und sich zusammen mit seinem Zyklopen verpissen.

Ich erinnere mich, dass sie mich festhielten und mir sagten, ich solle mich beruhigen.

Ich erinnere mich, dass Reed brüllte, sie sollen meinen Arm nicht verletzen.

Ich erinnere mich, gekotzt zu haben, und Reed strich mir über den Rücken und sagte: »Komm runter, komm runter, Mann, ganz cool.«

Ich erinnere mich, ihnen gesagt zu haben, sie sollen sich ins Knie ficken. »Lasst mich in Ruhe. Ich will allein sein!« Aber das wollte ich eigentlich nicht. Allein zu sein war das Letzte, was ich wollte.

Ich war drei Jahre alt, als sie uns verließ. Sie hatte

einfach ihre Sachen in eine Tasche geworfen und war gegangen; alles, was zurückblieb, war ein Foto. Sie hatte pechschwarzes Haar, klare, grüne Augen, lange, muskulöse Beine und ein fantastisches Lächeln. Sie hatte im Sands in der Mitternachtsshow getanzt. Dort hatte mein Vater sie kennen gelernt und sie im Sturm erobert, da bin ich mir sicher. Aber das war lange her.

Auf dem Foto lächelt meine Mutter. Sie hat mich unter den Armen gefasst und hält mich hoch. Mein Vater hat seinen Arm um sie gelegt und ein vertrotteltes Grinsen im Gesicht. Das Bild ergab für mich keinen Sinn. Er war nicht dieser Mann. Ich war nicht dieser Junge. Und diese Frau würde nie ihren Sohn verlassen. Ich starrte oft auf dieses Bild, deckte mit dem Daumen meinen Vater ab und wartete darauf, dass sie nach Hause kam und mich rettete. Ich verstand, warum sie gegangen war, ich verstand nur nicht, warum sie mich nicht mitgenommen hatte; ich verstand nicht, wie sie mich mit ihm hatte allein lassen können.

Das Einzige, woran ich mich bei meiner Mutter erinnern konnte, war ihre Strumpfhose. Wir waren in der Waschküche, und sie legte ihre Strumpfhose zusammen und sah mich an; ihr Gesicht aber war verschwommen. Wie sehr ich mich auch anstrengte, ich konnte nie ihr Gesicht erkennen. Und ich erinnere mich an ihr Parfüm. Ich erinnere mich an den Tag, an dem es Lenore in der Schule trug. Ich sagte ihr, sie solle es nicht benutzen, es rieche schrecklich und es passe nicht zu ihrem Körpergeruch. Das hatte ich ihr gesagt. Und dann hatte ich sie für den Rest des Tages gemieden. Nach dem Training hatte sie draußen vor der Umkleide gewartet. Ich war durch das Fenster geklettert und per Anhalter nach Hause gefahren.

Als ich fünf war, hatte mir meine Mutter zum Geburtstag eine Karte und einen Kalender mit Pferden geschickt. Ich nahm ihn nie aus der Plastikfolie. Ich erinnere mich, dass mein Vater wütend wurde, weil ich den Kalender nicht öffnete. Ich wollte, dass er sauber blieb. Ich wollte ihn ihr zeigen, wenn sie nach Hause kam. Ich wollte, dass sie wusste, dass ich ein guter Junge war und meine Sachen sauber hielt. Das war das Letzte, was sie mir schickte.

Im nächsten Jahr schenkte mir mein Vater einen Football. Wenn er mir den Ball zuwarf, war er ein anderer Mensch. Er war freundlich und geduldig und brüllte nie, wenn ich den Ball fallen ließ. Er gluckste nur, und wir versuchten es ein weiteres Mal. Ich liebte es, mit meinem Vater Bälle zu werfen. Das waren die einzigen Momente, in denen ich mich sicher fühlte. Wir warfen oft stundenlang den Ball durch die Luft, und dann legte er mir seine Hand auf die Schulter, und wir gingen zurück ins Haus. Seine Hände waren riesig – mächtige Bärenpranken mit dicken, muskulösen Fingern; er musste nur mit den Fingern gegen meinen Kopf schnalzen, und noch Tage danach spürte ich den Schmerz. Ich hatte Angst vor den Händen meines Vaters. Ich selbst habe die Hände meiner Mutter – sie sind schmal, und die Finger sind dünn und knochig.

Ich erinnere mich, auf das Feld hinter Freds Haus gewankt zu sein. Bereits da wusste ich, dass ich ein Geheimnis hatte. Ich wusste nicht, was, aber ich wusste, es musste etwas Schreckliches sein, und ich wollte nichts wie weg – weg vom Feuer und dem Lärm und den anderen, denen es gut zu gehen schien. Ich wusste nur, dass ich nicht hierher gehörte, und alles was ich wollte, war, mich sicher zu fühlen, zu wissen, dass alles in Ordnung sein würde, zu wissen, nur einen Augenblick lang, wie es wäre, wenn man keine Angst hatte. Also wankte ich auf das Feld hinaus – mein Hemd war zerrissen, meine Hände waren aufgeschürft, meine Rippen begannen zu schmerzen, und alles, woran ich denken konnte, war, wie sehr ich mir wünschte, dass meine Mutter käme und mich hier wegholte.

2

Sie wollten nicht, dass ich nach Hause fuhr. Ich saß am Steuer im Wagen meines Vaters – ich hatte die Fenster geschlossen und die Türen verriegelt. Fred stand am Seitenfenster und forderte mich auf, die Tür zu öffnen. Ich saß nur da, hielt das Lenkrad umfasst und spürte die Delle, die durch den festen Griff meines Vaters mit der Zeit entstanden war.

»Komm doch noch auf einen Kaffee rein«, bat mich Reed. Benny und Pinguin standen mit verschränkten Armen vor dem Wagen. Wenn ich die Absicht haben sollte, mich betrunken in Bewegung zu setzen, wollten sie damit sagen, müsste ich sie zuerst über den Haufen fahren. Sie sahen einfach lächerlich aus, wie sie so dastanden; bereit zu sterben, damit ich nicht irgendeinen Fremden überfuhr. Ich hätte beinahe laut aufgelacht.

Mrs. Aemes, unsere Englischlehrerin, meinte ständig auf Beispiele »wundervoller Ironie« hinweisen zu müssen. Sie hätte ihre Freude daran gehabt. Ich ging in den Leerlauf und drückte das Gaspedal durch. Die beiden sprangen zur Seite. Kurz darauf wühlten die Reifen den Schotter in der Einfahrt von Freds Vater auf, und ich schoss in die Dunkelheit davon.

Die Straße nach Carmen war die großartigste Straße der Welt. Tagsüber konnte man sie vergessen – da fielen nur die unzähligen geplatzten Reifen auf, die am Straßenrand herumlagen. Der Asphalt wurde manchmal so heiß, dass die Reifen schmolzen und explodierten. Aber in der Nacht war diese Straße ein dunkler, endloser Korridor, und im Rückspiegel glitzerten die bunten Lichter von Las Vegas – dieser funkelnden Oase, die man mitten ins Nichts gebaut hatte und die von der Hoffnung lebte. Und ich entfernte mich von ihr so schnell es ging, die kühle Nachtluft strich durch mein Haar, und aus dem CD-Player meines Vaters dröhnte Nirvana.

Ich liebte Nirvana. Ich liebte sie aus genau den Gründen, aus denen mein Vater sie hasste. Er sagte, man könne nichts verstehen, weil Kurt Cobain nur schrie. Mein Lieblingssong ist die versteckte Aufnahme am Ende von *Nevermind*. Nach zehn Sekunden Stille setzt plötzlich diese rauschende Rückkoppelung ein und eine knirschende Gitarre, und wenn er anfängt zu singen, versteht man den Text nicht. Er schreit und schreit, bis er nicht mehr kann, und dann lässt er seine Gitarre schreien. Genauso wollte ich schreien, ich wollte schreien wie Kurt Cobain. Stattdessen verprügelte ich andere Typen …

… oder führte mit den Scheinwerfern Mutproben durch. Ich schaltete das Licht aus und wollte sehen, wie lange ich in völliger Dunkelheit fahren konnte. Es war, als ob ich schweben würde – völlig frei, als könne mich nichts mehr verletzen. Als würde ich nicht existieren. Im Lärm der Musik und in der Dunkelheit, wenn die kühle Luft über mein Gesicht strich, wusste ich, dass ich alles tun konnte. Solange ich nicht darüber nachdenken musste, wohin ich fuhr. Solange ich nicht an meinen Vater denken musste.

Ich wusste nie, wie er drauf war. Manchmal konnte er ein richtiger Gentleman sein. Am Sonntag ging er früh zur Kirche und hielt den Frauen die Tür auf. Er stand nur da, sah todschick aus und bezirzte diese alten Schachteln, als würde er sich für das Bürgermeisteramt von Nazareth bewerben. Immer flirtete er mit den alten Ladys und sagte ihnen, wie bezaubernd sie aussähen, er meinte es sogar ernst. Als besäße mein Vater zwei verschiedene Persönlichkeiten, und ich wusste nie, womit ich bei ihm zu rechnen hatte.

Mein Vater war wie eine Ziegelmauer, ein Riese mit einem Gesicht aus Granit und stechenden blauen Augen, die durch einen geradewegs hindurchsahen. Sein Blick war immer auf eine unbestimmte Ferne gerichtet, als würde er sich über etwas amüsieren, das die anderen nicht sehen konnten. Als lief in seinem Kopf ein Witz ab mit einer fürchterlich tragischen Pointe.

Er bewegte sich leise durch das Haus und tat, was ihm gerade notwendig erschien, machte sich eine Tasse Kaffee, sortierte die Post, reinigte seine Waffe – und irgendwann hörte ich dann, wie er den Verschluss einer

Flasche aufdrehte. Sobald ich das hörte, wusste ich, dass es an der Zeit war, nach oben in mein Zimmer zu gehen und die Tür hinter mir zu schließen. Ich saß dann auf meinem Bett und wartete. Und die meiste Zeit geschah nichts.

Ich fuhr in völliger Dunkelheit, solange ich es aushielt, und wenn die Spannung unerträglich wurde, schaltete ich die Scheinwerfer wieder an, kurz bevor ich von der Straße flog. Ich brachte den Wagen auf die rechte Fahrspur, und dann schaltete ich die Lichter wieder aus. Genau in diesem Augenblick hörte ich einen dumpfen Knall, und etwas wurde von der vorderen Stoßstange weggeschleudert.

Im ersten Moment dachte ich, es sei ein streunender Hund. Es gibt Hunderte von herrenlosen Kötern, die sich am Stadtrand von Carmen herumtreiben. Die Leute kommen hier vorbei und werfen sie aus dem Auto – ausgesetzte Hunde, die durch die Wüste streifen. Manchmal vermischen sie sich mit Kojoten. Diese räudigen, blutrünstigen Viecher streunen dann auf der Suche nach Fressen durch die Gegend.

Ich schaltete die Scheinwerfer an und trat auf die Bremse. Ich wendete den Wagen, blendete auf, um zu sehen, was ich erwischt hatte. Es dauerte einige Minuten, bis ich etwas erkennen konnte. Im Kegel des Fernlichts suchte ich den Straßenrand ab. Dann erblickte ich ihn; er lag neben einem Kaktus, völlig reglos, als wäre er schon immer dort gelegen. Ich wusste sofort, wer er war.

Ich sah auf, um festzustellen, ob Gegenverkehr kam.

Natürlich könnte ich sagen, dass ich nach Hilfe Ausschau hielt. Vielleicht tat ich das auch, insgeheim vielleicht, aber ich bezweifle es. Ich war erleichtert, dass ich allein war. Ich sprang aus dem Wagen und ging zu ihm hinüber. Ich wusste zunächst nicht, dass er tot war, also sprach ich ihn an. Meine Stimme zitterte.

»He … he, kannst du mich hören?«

Er lag seltsam schief auf der Seite. Eines seiner Beine hing über dem Kopf verdreht. Ich wollte ihn eigentlich nicht berühren, dennoch legte ich ihm die Hand auf die Schulter.

»He, wach auf!« Ich sagte ihm tatsächlich, er solle aufwachen.

Ich umfasste sein Handgelenk und fühlte nach dem Puls, obwohl mir klar war, dass er nicht mehr lebte. Ich stand nur da und starrte auf den Jungen und bemerkte, dass seine Unterwäsche hinten nicht mehr raussah. Ich fühlte mich schwach. Ich wollte ihm sagen, dass es mir leidtat; ich wollte ihm erklären, dass ich es nicht so gemeint hatte. Kurz dachte ich sogar daran, sein Bein wieder gerade zu rücken. Ich wusste, es spielte keine Rolle mehr, aber ich wollte, dass es wieder gerade lag. Ich hielt es einfach nicht aus, ihn so verdreht vor mir liegen zu sehen und zu wissen, dass ich dafür verantwortlich war.

Es wurde sehr still. Ich hörte nur noch das Summen des Wagens. Die Musik war aus, und eine Sekunde lang fühlte ich mich sehr friedvoll. Ich blickte zum Himmel hinauf und sah eine Million Sterne. Und dann geschah etwas, das ich nicht erklären kann: Ich spürte so etwas wie eine große Woge, die über mir zusammenschlug.

Ich glaube nicht an Gott oder an Geister oder Ähnliches, aber ich spürte eine Energie, eine Kraft, die auffuhr und über meinen Kopf hinwegstrich und dann verschwunden war. Und dann starrte ich auf die Leiche. Und in diesem Augenblick wurde mir bewusst, was ich getan hatte.

Aus der Ferne, aus Carmen, näherte sich ein Truck; er war noch etwa zwei Minuten entfernt. Ich verfluchte mich. Und diesen Jungen. Ich begann ihn anzubrüllen. »Du beschissener Idiot, was hast du bloß getan?« Ich weiß nicht, warum ich auf ihn wütend war, aber ich war es.

Der Truck kam näher. Er war von Carmen nach Las Vegas unterwegs. Ich beugte mich nach unten, hob ihn auf und trug ihn zum Wagen. Ich wusste nicht, was ich tun sollte. Ich konnte ihn doch nicht in der Wüste liegen lassen. Ich lehnte seine Leiche gegen die Stoßstange, zog den Autoschlüssel aus meiner Jeans und öffnete den Kofferraum. Ich hievte seine Leiche hoch und legte sie hinein, knallte den Kofferraumdeckel zu und drehte mich weg, als würde ich am Straßenrand eine Pinkelpause einlegen.

Ein zweiter Wagen folgte dahinter. Ich stieg in den Wagen meines Vaters und trat mit voller Wucht auf das Gaspedal, sodass die Räder durchdrehten und Schotter in die Wüste geschleudert wurde.

Ich begann zu zittern. Ich schloss das Fenster und stellte die Heizung auf Anschlag. Meine Zähne wollten nicht aufhören zu klappern. Ich wollte am Straßenrand anhalten und nachdenken, aber der Wagen hinter mir kam immer näher. Und dann begann ich zu beten. Ich weiß nicht warum. Ich glaube nicht an Gott, aber ich wusste nicht, was ich sonst tun sollte.

»O Gott, bitte, Gott, bitte …«

Das Haus meines Vaters befindet sich am Ende einer sehr langen Auffahrt. Er hatte es dort hinten gebaut, um den Verkehrslärm der Straße nicht zu hören. Falls er noch wach gewesen wäre, hätte ich nicht gewusst, was ich hätte tun sollen. Manchmal ließ er sich nach der Arbeit voll laufen und ging mit Kimmy ins Bett. Sie war seine Freundin, die mit im Haus lebte. Früher war sie Stripperin in Vegas gewesen, aber seitdem sie mit meinem Vater zusammen war, arbeitete sie als Sekretärin für die Stadtverwaltung in Carmen. Als mein Vater begann, mit ihr auszugehen, hatten wir uns gelegentlich unterhalten. Sie zog mich damit auf, dass sie erst einen Blick auf meine Freundinnen werfen müsse; es war, als hätte ich eine größere Schwester – aber nachdem sie eingezogen war, saß sie nur noch kettenrauchend vor dem Fernseher. Anders könne sie es mit meinem Vater nicht aushalten, sagte sie. Sie hielt sich im nur teilweise fertig gestellten Anbau neben dem Esszimmer auf, während mein Vater im Wohnzimmer saß und sich auf seiner Stereoanlage Neil Diamond anhörte.

Mein Vater hörte Tag und Nacht Neil Diamond. Ich meine, hin und wieder, sehr selten hörte er auch Radio. Aber die Radiosender im Clarke County sind ziemlich übel, sogar für die Älteren. Meistens spielen sie neuen Country-Scheiß. Es ist fast schon beleidigend. Ich meine, die alten, richtigen Country-Songs sind ehrlich; da singen alte verschrumpelte Typen von ihren

Frauen, von denen sie verlassen wurden, davon, wie sehr sie nun im Arsch sind und in ihren Pick-ups hausen. Aber bei den neuen Country-Songs sind alle jung und wunderschön, erzählen aber von genau den gleichen Problemen.

Jedenfalls besaß mein Vater jede Aufnahme von Neil Diamond. Er war mindestens eine Million Mal in seinen Konzerten gewesen. Entweder nahm er mich oder eine seiner Freundinnen dazu mit oder ging allein hin. Nachts saß er in seinem Ledersessel, starrte ins Leere, balancierte ein Kristallglas mit Midori auf seinem Knie und hörte Neil zu. Und gelegentlich bewegten sich seine Lippen zum Text.

Das trank mein Vater: Midori. Diesen giftgrünen Melonenlikör, den die badenden Schönheiten am Pool des Ceasar's Palace tranken. Mein Vater liebte ihn. Manchmal versetzte er ihn mit Tequila oder mixte sich einen Krug Margaritas, meistens aber trank er ihn einfach auf Eis und mit ein wenig Club Soda. Sein Körper entspannte sich dabei, er sank tiefer in seinen Sessel und schien seinen Frieden zu finden. Manchmal schlief er dabei ein, manchmal geisterte er auch durch das Haus, wurde immer wütender und brach mit Kimmy einen Streit vom Zaun. Er fuhr sie an, sie rauche zu viel, und sie sagte, er trinke zu viel, und das war es dann. Das konnte die ganze Nacht so gehen. Er wurde manchmal ruppig, aber er schlug sie nie; er packte sie an den Handgelenken und hielt sie fest, und sie konnte nicht mehr viel gegen ihn machen, außer ihn anzubrüllen.

Mein Vater war ein gewalttätiger Mensch. Immer zerbrach er etwas. Manchmal brüstete er sich, dass er niemals eine Frau geschlagen hätte. »Egal, wie wütend sie dich machen. Ein Mann, der eine Frau schlägt, ist kein Mann.«

Einmal war er hackevoll gewesen und hatte Kimmys Aschenbecher in den Spiegel geworfen, der zersplitterte. Er sagte mir, ich solle die Scherben wegräumen. Am nächsten Tag sah ich ihn im vorderen Zimmer stehen, wo er mit verwirrtem Gesichtsausdruck an die Wand starrte, wo der Spiegel gehangen hatte. Er ging in die Garage und holte sich eine Zange, zog den Nagel aus der Wand und füllte das Loch mit irgendeiner Spachtelmasse. Er hatte nie gefragt, was mit dem Spiegel geschehen war.

Aber er schlug mich. Verpasste mir Ohrfeigen. Er schlug mich nicht mit der Faust, aber seine Ohrfeigen waren ziemlich hart. An seiner rechten Hand trug er einen großen silbernen Ring seiner ehemaligen Mannschaft, und wenn er mich damit am Kopf traf, brannte es wie Feuer.

Ich wusste immer, wenn er wütend wurde. Als er zehn Jahre alt war, hatte ein Junge einen Stein nach ihm geworfen und ihn über dem rechten Auge getroffen. Davon war eine kleine harte Beule zurückgeblieben, die leuchtend rot anlief, wenn er wütend wurde.

Ich hatte das Gaspedal ganz durchgedrückt, die Tachonadel war fast auf Anschlag, aber der Wagen hinter mir holte auf. Er blendete das Fernlicht auf und ab. Ich wollte nicht anhalten, aber mir blieb nichts anderes übrig; wäre ich weitergefahren, hätte es noch verdächtiger ausgesehen. Ich trat auf die Bremse und setzte den Wagen meines Vaters an den Straßenrand. Es war Reed. Er hielt neben mir an. Ich atmete tief ein und kurbelte das Fenster nach unten. Reed quasselte bereits. »... wollte dir klar machen, dass du anhalten sollst!«

»Was?«

»Du hast deine Mütze bei Fred gelassen ...« Und dann hielt er plötzlich inne. Er starrte mich erschreckt mit weit aufgerissenen Augen an. Ich merkte, wie ich zitterte. Meine Zähne klapperten, und ich konnte nichts dagegen tun.

»Du hast deine Mütze bei Fred gelassen.« Er warf sie mir durch die geöffnete Scheibe rüber. Ich fing sie und setzte sie auf. Die Mannschaft besaß diese gelben Mützen, auf denen vorne in Großbuchstaben CARMEN FOOTBALL stand. Lenore hatte mir hinten in Königsblau meine Trikotnummer 37 aufgenäht. Wir trugen unsere Mützen alle verkehrt herum, ich weiß nicht warum, jedenfalls bekam man durch das Lederband einen komischen Bräunungsstreifen – einen lilienweißen Streifen, der sich über die ganze Stirn zog und sichtbar wurde, wenn man die Mütze abnahm. Es sah im ersten Augenblick ziemlich seltsam aus, aber es dauerte nicht lange, und bald hatte fast jeder an der Schule diesen weißen Streifen auf der Stirn; er wurde zu einem Statussymbol. Und wer keinen weißen Streifen auf der Stirn hatte, wurde bald von allen Möglichen verprügelt.

Reed brachte mir also meine Mütze zurück. Er sah mich mit seinem besorgten Blick an. »Das war ziemlich mies dort.«

»Ich weiß.«

Er starrte mich fragend an.

»He, ich muss nach Hause. Ich muss die Karre von meinem Alten abliefern.«

Reed war der beste Zuhörer, der mir jemals begegnet war. Er hörte einem sogar zu, wenn man nichts sagte, was einem ziemlich auf die Nerven gehen konnte, vor allem, wenn man ein Geheimnis hatte. Er brachte einen dazu, Geheimnisse auszuplaudern, und es war, als wäre ihm noch nicht einmal bewusst, was er da gerade tat. Er gehörte zu jenen Menschen, denen man alles anvertrauen mochte – erzählte man ihm eine Geschichte, setzte er immer die dazu passende Miene auf.

»Ich muss los«, sagte ich nochmals. Mir war klar, dass ich seine Gefühle verletzte, aber ich wusste nicht, was ich sonst tun sollte.

Er nickte, murmelte »okay«, legte den Gang ein und fuhr davon. Ich sah ihm hinterher und wartete, bis er links in die Imperial Road abbog, bevor auch ich mich in Bewegung setzte.

Ich schaltete die Scheinwerfer aus, als ich in die Auffahrt einbog. Ich konnte das Haus sehen. Alle Lichter waren aus. Ich fuhr in die Garage, drehte den Zündschlüssel um, und der Motor erstarb. Dann saß ich da, lauschte der Stille und überlegte, was ich tun sollte.

3

Wenn wir nach Vegas fuhren, wurde mein Vater zu einem völlig anderen Menschen. Er war richtig aufgeregt und riss diese abgedroschenen Witze, die er in

»An Evening at the Improv« hörte. Vor einem Neil-Diamond-Konzert saßen wir beim Essen, und er hatte eine Artischocke auf der Gabel. Er sah sie eine Sekunde lang an und sagte dann: »Du hast vielleicht Artie geschockt, aber du wirst nicht Chester schocken.« So hieß mein Vater, Chester.

Auf dem Weg nach Vegas stieß er mich in die Rippen und sagte mir, ich würde ganz schön hochschießen. Ich war ziemlich groß, aber nicht so groß wie er. Ich war lang und dürr. Unser Trainer Ulster hatte sich für mich einen besonderen Ernährungsplan ausgedacht, damit ich Gewicht zulegte, was langsam zu wirken begann. In den letzten sechs Monaten hatte ich viel Rindfleisch gegessen. Mein Vater hatte sich kaum darüber beschwert. Normalerweise versuchte er, möglichst sparsam zu leben, aber ich glaube, er legte noch mehr Wert darauf, dass ich Football spielte, als ich selbst. Immer brüstete er sich mit mir vor anderen. Ich denke, die meisten hielten ihn für einen charmanten Kerl, der seinen Sohn wirklich liebte. Nur selten zeigte er sein anderes Gesicht, zumindest nicht außerhalb des Hauses. Ich hasste ihn für seine Heuchelei. Und ich stellte die anderen Erwachsenen infrage. Ich fragte mich, ob alle Erwachsenen Lügner waren.

Für Neil machte sich mein Vater immer zurecht. Er verbrachte eine geschlagene Stunde im Badezimmer, ölte sein Haar, rasierte sich und trug Rasierwasser auf. Mit einer Pinzette zupfte er sich die Haare aus der Nase. Als ich klein war, saß ich auf der Toilettenschüssel und sah ihm dabei zu. Es störte ihn nicht. Nichts konnte ihn stören, wenn er sich für Neil zurechtmachte. Er feilte die Finger- und Zehennägel. Es war für ihn ein Ritual, als würde er sich auf eine heilige Zeremonie vorbereiten.

»Er schreibt alle Songs selbst.« Mein Vater erinnerte mich dauernd daran, dass Neil Diamond nicht nur ein großartiger Sänger, sondern auch ein Song-Schreiber war.

»Elvis hat nie einen Song selbst geschrieben. Er hat noch nicht einmal seine Gitarre gespielt. Das Ding war nur Requisite.« Mein Vater hasste Elvis. Wenn Elvis im Radio lief, schaltete er es aus oder wechselte den Sender. »Er hat das noch nicht einmal selbst geschrieben, weißt du das?« Aus irgendeinem Grund sah er in Elvis eine Bedrohung, auch wenn Elvis bereits irgendwann in den siebziger Jahren gestorben war. »Elvis hat alle Frauen abbekommen, Neil dafür das ganze Talent.« Das sagte mein Vater ständig.

Für Neil zog mein Vater immer sein bestes Cowboy-Hemd an, ein schwarzes Hemd mit purpurrotem Besatz, und eine dazu passende Bolo-Krawatte. Wenn er das MGM betrat, wandten sich ihm alle Köpfe zu, vor allem die der Frauen. Er gab sich dann sehr locker. Manchmal wandte er sich an mich, sagte etwas in der Art wie: »Was hältst du von der Einrichtung?« Es interessierte ihn einen Scheißdreck, was ich von der Einrichtung hielt.

»Cool«, murmelte ich manchmal. Und dann holten wir die Karten für Neil Diamond, die er hatte reservieren lassen. Die Frau am Schalter, Bernice, war eine alte Freundin von ihm.

»Hallo, Chester, hallo, Neil.«

Diesen Namen hatte mir mein Vater gegeben – Neil. Ich hasste ihn. Manchmal fragte ich mich, wie mein richtiger Name lautete, wie meine Mutter mich genannt hätte.

Bernice war so Ende vierzig. Sie hatte ihr Haar orangerot gefärbt und trug so viel Haarspray und Make-up, dass sie wie eine Wachsfigur aussah. Manchmal machen Menschen Dinge, weil sie besser aussehen wollen, aber dann können sie damit nicht mehr aufhören und vergessen darüber, was ihre ursprüngliche Absicht gewesen war. Und wenn sie dann endlich innehalten, haben sie geradezu etwas Unmenschliches an sich.

Bernice zupfte immer an ihrem Haar herum, vor allem, wenn sie sich mit meinem Vater unterhielt. Sie tat so, als müsste sie es zurechtmachen, aber ihr Haar war so steif, dass es sich überhaupt nicht mehr bewegen ließ. Sie kicherte und fuhr sich über die Wimpern. Sie flirteten eine Weile, und dann reichte sie uns den Umschlag mit den Karten. Unsere Namen waren immer handschriftlich auf den Umschlag geschrieben, dazu eine persönliche Widmung. Einmal schrieb sie:

Zwei Karten für Neil Diamond, für die beiden
süßesten Süßholzraspler weit und breit,
alles Liebe, Berny

Mein Vater las es mit einem breiten Grinsen laut vor. Vor vielen Jahren hatte er mal eine kurze Sache mit Bernice gehabt. Ich weiß nicht, warum er mit ihr ins Bett gegangen war. Insgeheim habe ich immer vermutet, dass es genauso abgelaufen war, wie sie auch miteinander flirteten. Einmal sprach ich ihn darauf an. »Ach ja«, sagte er, »ist schon lange her, dass ich ihr die alte Salami reingeschoben hab.«

Bernice. Sie gehörte zu jenen Menschen, die *immer* guter Laune waren. Sie war *immer* gut drauf. Wenn man sie das erste Mal sah, glaubte man, sie sei eine unglaublich nette Lady, aber sehr bald begann man sich zu fragen, was verdammt noch mal mit ihr nicht stimmte. Sie war niemals traurig oder besorgt oder aufgebracht. Sie war immer nur glücklich. Die ganze Zeit. Als hätte sie etwas zu verbergen, als hätte sie Angst, dass man ihr bei irgendetwas dahinterkommen könnte. Wenn sie lächelte, schwollen die Adern an ihrem Hals. Aber das konnte man bei allen in Vegas beobachten. Sie alle hatten diesen angestrengten, abgeschirmten Blick und klammerten sich an ihre Geheimnisse. Vegas war voll mit Verlierern, die Gewinner sein wollten und dabei noch zu größeren Verlierern wurden. Es war deprimierend, wenn man morgens um zwei einen Typen aus Ohio mit einem Bier in der Hand vor einem einarmigen Banditen sitzen sah und neben ihm seine Frau, die ihn mit tränenerstickter Stimme anflehte, doch endlich ins Bett zu kommen und nicht noch mehr Geld zu verspielen. Einmal sah ich einen Mann, der seiner Frau eine scheuerte, als ob sie was dafür konnte, dass die Sieben niemals kam.

Mein Vater spielte immer einige Runden Blackjack, bevor wir die Show sahen. Ich durfte nicht spielen. Man musste einundzwanzig sein. Ich sah meinem Vater immer zu, wie er spielte, seinen Midori trank und mit dem Croupier plauderte. Er erzählte ihm, wie dumm die Touristen doch waren, während der Croupier ihm sein Geld abnahm. Mein Vater zwinkerte noch nicht mal, wenn der Croupier seine Fünfundzwanzig-Dollar-Chips abräumte und in dem Schlitz verschwinden ließ, wo er sie vor einer Minute herausgeholt hatte.

Er spielte einige Runden, steckte seine Chips in die Tasche, und wir machten uns auf den Weg ins Hollywood Theater. Ab diesem Moment war es, als würde mein Vater in Trance fallen. Ich sparte mir meine Kommentare, er hätte sie sowieso nicht gehört. Er bewegte sich auf den Eingang zum Hollywood Theater zu, als würde er davon magnetisch angezogen. Er begann sogar anders zu gehen. Seine Hüften wurden weicher, die Schultern entspannten sich, und ihm blieb der Mund offen. Er hielt der Person am Eingang seine Karte hin, ohne sie überhaupt wahrzunehmen. Er starrte nur geradeaus, als könne er es nicht erwarten, die Bühne zu erblicken.

»Er hat noch eine Background-Sängerin engagiert«, sagte er dann. Klar, es gab einen zusätzlichen Mikrofonständer für eine dritte Background-Sängerin.

Das Komische ist, er war nicht der Einzige. Es gab andere Männer mit diesem starren Ausdruck im Gesicht – sie kamen allein oder in Begleitung, aber sie waren immer unverkennbar. Sie erinnerten mich an die streunenden Köter in der Wüste, die ebenso allein, verloren und halb tot vor Hitze waren. Sie erinnerten mich an die Hunde, die auf den verbrannten Rasenflächen der Hinterhöfe an ihrer Kette zerrten, die vor sich hin vegetierten, deren dickes Fell das Sonnenlicht aufsog; Hunde, die nicht für die Wüste geschaffen waren.

So kamen mir auch diese Männer vor; Männer, deren Mundwinkel nach unten hingen, deren Stirn von harten Falten gefurcht war. Hunde, die kirre waren und Angst hatten vor ihrem Leben, in dem sie nur Pech gehabt hatten, denen die Halsbänder die Kehle zuschnürten, die von Geistern aus ihrer Vergangenheit an unsichtbaren Ketten gehalten wurden. Aber hier fühlten sie sich sicher. Hier nahm Neil Diamond sie an die Hand und erlöste sie von sich selbst und sagte ihnen, dass alles wieder gut werden würde. Wenn man diese Männer beobachtete, die im Dunkeln auf ihren Plätzen saßen, konnte man erkennen, wie sich ihre Gesichter veränderten – seine Musik gab ihnen Hoffnung, ihre Augen begannen zu glänzen –, und für kurze eineinhalb Stunden wurden sie von Neil Diamond in die Freiheit entlassen.

4

Es war spät. Im Haus war alles dunkel. Wenn mein Vater auf war, saß er meistens im Wohnzimmer, hatte alle Lichter ausgeschaltet, und nur der Fernseher lief. Spätabends zappte er auf der Suche nach irgendwelchen Komikern durch die Kanäle.

»O mein Gott, ist das zu glauben?«, rief mein Vater dann, wenn er einem zuhörte, der in seiner Nummer von einem Typen erzählte, der furzen muss, während er mit der neuen Freundin im Bett liegt. »O nein, o mein Gott!«, ging es dann ständig. Er konnte von diesen Programmen auf den Kabelsendern nie genug bekommen. Und manchmal erzählte er dann am nächsten Morgen beim Frühstück Kimmy und mir einen dieser Witze und versaute alles. Er ließ eine wichtige Information aus, sodass die Geschichte keinen Sinn ergab. Manchmal zwang ich mich zu einem Lachen, damit es nicht zu peinlich wurde. Manchmal aber auch nicht. Wenn es am Abend zuvor besonders schlimm gewesen war, blieb ich einfach stumm sitzen. Manchmal begann er den Witz zu erklären, und Kimmy zündete sich eine neue Zigarette an, zog eine Weile daran und sagte dann: »Ja, wir haben's kapiert, es ist nur nicht witzig, wenn du's erzählst.«

»Ich erzähl es genauso wie der Typ im Fernsehen.«

Und sie antwortete dann: »Nein, wenn er es erzählt, ist es witzig.«

Und dann sah mich mein Vater an, und ich tat so, als wäre ich ungeheuer in meine Frühstücksflocken vertieft.

Ich ließ den Kofferraum aufklappen, dann holte ich die Schaufel, die mein Vater in einer Ecke der Garage aufbewahrte. Wir lebten auf einem etwa fünfzehn Hektar großen Grundstück, und mein Vater grub ständig alte Zaunpfosten aus und setzte neue ein. Er war eifrig darum bemüht, das Grundstück in Ordnung zu halten. Über das Haus konnte man das nicht sagen. Das Haus schien nie fertig zu werden. Seit drei Jahren war er damit beschäftigt, hinten einen Anbau anzufügen. Damals hatte er die äußere Rückwand abgerissen, die Mauer verputzt und dann alles mit einer Plastikplane abgedeckt, weil er sich mit irgendeiner Lady, die er im

Luxor Hotel kennen gelernt hatte, auf eine Tour begeben hatte. Sie hatte noch nie Neil Diamond live im Konzert erlebt, mein Vater brachte also in Erfahrung, wo er als nächstes auftrat und flog mir ihr für drei Tage nach Cleveland. Als er zurückkam, war er so mit seiner Affäre beschäftigt, dass er nie dazu kam, die Wand hochzuziehen. Seit drei Jahren hatten wir daher keine Rückwand an unserem Haus, nur diese große Plastikplane, die an die dicken Holzbalken geheftet war. Morgens knallte die Sonne durch die Plane, und man musste die Augen zusammenkneifen, wenn man beim Frühstück saß. Im Lauf der Zeit drang Sand durch die Ritzen, und mein Vater musste sie abreißen und eine neue anbringen. Sie konnte einen Höllenlärm verursachen. Bei einem Sturm schlug sie so laut, als würden die Flugzeuge der Luftwaffenbasis direkt ins Haus donnern.

Ich legte die Schaufel in den Kofferraum neben Ian und schloss so leise wie möglich den Deckel.

»Wo zum Teufel hast du gesteckt?«

Ich blickte in die Augen meines Vaters. Er stand in der Garage, in seiner Hand hielt er einen Drink.

»Ich war bei Fred.«

»Ich weiß, wo du warst«, sagte er. Er sah auf seine Uhr. »Um wie viel Uhr, sagtest du, wolltest du zu Hause sein?«

»Mitternacht.«

»Und wie spät ist es jetzt?«

»Eins.«

Die Beule über seinem rechten Auge war knallrot. Er kam auf mich zu und blieb nur wenige Zentimeter vor meinem Gesicht stehen. »Du hast getrunken!« Es war keine Frage.

»Nur ein paar Bier.«

Er packte mich am Nacken und drückte mich mit dem Gesicht auf den Kofferraum. »Und dann fährst du mit meinem Wagen? In deinem beschissenen Spatzenhirn glaubst du wahrscheinlich auch noch, dass das okay ist!«

Er hatte meinen linken Arm auf den Rücken gebogen und verdrehte ihn. Das war einer der Griffe, die er auf der Polizeischule gelernt hatte. Ich hatte einmal gesehen, wie er mit diesem Griff eine Schlägerei zwischen einigen Betrunkenen vor dem Kino in der Stadt aufgelöst hatte. Als ich die vierte Klasse besuchte, kam er in die Schule und zeigte den Kindern die verschiedenen Polizeigriffe – er führte vor, wie man sich gegen Angriffe schützen konnte. Es war ihm anzusehen, dass er selbst ebenso begeistert war wie die Kinder. Nach der Vorführung nahm er uns mit hinaus auf den Parkplatz und zeigte uns, wie das Funkgerät in seinem Polizeiwagen funktionierte. Ich erinnere mich ganz deutlich an diesen Tag. Ich erinnere mich, dass alle Kinder ehrfürchtig zu meinem Vater aufgeblickt und sich gewünscht hatten, sie hätten auch einen solchen Vater. Für den Rest des Tages musste ich mich zwingen, nicht ständig zu grinsen. Ich hatte etwas, das keiner der anderen hatte; ich hatte etwas, worum mich alle in der Schule beneideten. Mein Vater war der Sheriff von Carmen.

»Was glaubst du wohl, wie das für mich wäre, wenn mein Sohn wegen Trunkenheit am Steuer aufgegriffen wird?« Ich wusste, dass ich darauf keine Antwort hatte, die ihn dazu bewegen würde, seinen Griff zu lockern. Ich hielt meinen Mund. »Ich rede mit dir!«

»Tut mir leid.«

»Es tut dir leid? Mach, dass du ins Haus kommst.« Er verpasste meinem Arm einen Stoß, und ich stolperte ins Haus.

Kimmy saß vor dem Fernseher. Sie drehte sich nicht um, als wir das Wohnzimmer betraten, und starrte weiterhin auf die Glotze. Sie saß mit dem Rücken zu uns, und ich sah nur ihren Ellbogen auf der Lehne und die Rauchwolke über dem Sessel. Im Fernsehen war ein Komiker zu sehen; er spielte auf einer Gitarre, die die Form einer nackten Frau hatte, und er trug einen Feuerwehrhelm, der zugleich als Löschrohr diente. Zwischen seinen Witzen spritzte immer wieder Wasser aus dem Helm und platschte auf das Publikum. Es hörte sich an, als würde die Menge schallend lachen, aber wenn man sich die Gesichter der Zuschauer näher betrachtete, bemerkte man, dass sie nur dasaßen und gelangweilt waren. Kimmy zappte durch die Kanäle und suchte nach einer annehmbaren Sendung. Sie blieb an einer A&E-Dokumentation über die Ermordung von J. F. K. hängen. Sie zeigten eine gefasste Jackie Kennedy, während der neue Präsident seinen Amtseid ablegte.

»Darüber hast du nicht nachgedacht, oder?« Mein Vater sprach davon, wie ich seinen Ruf hätte ruinieren können, wenn ich in eine Polizeikontrolle geraten wäre.

»Nein, ich glaube nicht.«

»Du glaubst nicht? Du *weißt*, dass du das nicht getan

hast!« Er kippte den letzten Rest seines Midori. »Du glaubst wohl, du bist was Besonderes?«

»Nein.«

»Da liegst du vollkommen richtig!«

Kimmy rührte sich nicht, sie starrte nur auf den Fernseher. Ich weiß nicht, was ich von ihr erwartet hatte. Vielleicht wollte ich, dass sie sich auf meine Seite stellte. Vielleicht wollte ich, dass sie ihm sagte, er solle den Mund halten und mich in Ruhe lassen.

»Da liegst du vollkommen richtig!« Er hatte ziemlich geladen, wenn er Dinge wiederholte. Er schlug mir gegen den Kopf, sodass meine Mütze davonflog. »Was gilt hier für Mützen im Haus? Du willst Football spielen?«

»Mh-hmm.«

»Wie?«

»Ja.«

»Weil dann nämlich Schluss ist. Willst du das?«

»Nein.«

»Wie? Was soll ich mit dir bloß tun? Ich … hast du mich verstanden?« Er sah zu Kimmy und wartete auf ihre Unterstützung, aber sie sagte nichts. Sie ließ sich nicht mit reinziehen; ihre einzige Antwort waren träge Rauchkringel, die von ihrem Sessel aufstiegen.

»Ihr beide«, sagte er. »Ich versuche euch Verantwortung beizubringen. Verantwortung!«

Ich nickte.

»Was hab ich gesagt?«

»Du bringst mir Verantwortung bei.«

»Das habe ich nicht ge…«

»Du *versuchst* mir Verantwortung beizubringen.«

»Ja, das versuche ich. Rede ich Portugiesisch?«

»Nein.«

»Ah, sehr gut. Dann probieren wir es mal. Nimm den Apfel auf dem Tisch und trag ihn zur Küchenablage.«

»Wie bitte?«

»Sofort!«

Ich nahm den Apfel aus der Schale, die auf dem Tisch stand, und legte ihn sacht auf die Ablage.

»War das so schwierig?«

»Nein.«

»Hat es wehgetan?«

Ich schüttelte den Kopf.

»So, dann versuchen wir jetzt was, das ein wenig schwieriger ist. Nimm Kimmys Zigaretten, und wirf sie in den Müll.« Ich sah zu Kimmy; sie griff sich die Packung auf dem Tisch.

»Aber …«

»Aber … aber …«, äffte er mich nach.

In der Küche klingelte das Telefon. Wir blickten beide zum Apparat. Gelegentlich bekam mein Vater spätabends noch Anrufe, weil die Dienststelle unterbesetzt war.

Er nahm den Hörer ab. Ich wusste, dass Quinlan von der Station dran war – ich hörte seine hohe Fistelstimme. Quinlan war einer der Deputys meines Vaters. Er war Ende zwanzig und erst seit einigen Jahren Bulle, und obwohl er ein ziemlicher Brocken war, sprach er wie ein kleiner Junge. Seine Stimme war dünn und schrill, und man brauchte einige Zeit, um sich daran zu gewöhnen. Mein Vater sagte kein Wort. Er stand nur da, hörte zu, dann sagte er »in Ordnung« und legte auf.

Er stand da, kratzte sich an der Stirn und dachte nach. »Eine Frau hat angerufen, ihr Sohn ist verschwunden … ein paar Kilometer weiter unten an der Straße.« Er riss ein Kaugummipäckchen auf und warf sich einige Dragees in den Mund, kaute einige Minuten auf ihnen herum und starrte auf seine Füße. Er war betrunken. Mein Vater konnte noch nüchtern wirken, auch wenn er eine ganze Flasche intus hatte. Er steckte es einfach weg, saß nur da, nippte am Glas, das lächerlich klein aussah in seiner riesigen Hand, bis die Flasche leer war. Und niemals hatte ich von ihm gehört, dass er zu viel erwischt hätte. Nicht einmal, wenn er auf dem Fußboden aufwachte und über die demolierten Möbel steigen musste, um zu seinem Kaffee zu kommen.

»Ich will sehen, wie du fährst.«

»Du willst …«

»Ich will sehen, was du verdammt noch mal da draußen getrieben hast.«

Wir stiegen in den Wagen. Er nahm meine Nirvana-CD heraus und warf sie auf den Boden, legte Neil Diamonds *The Feel of Neil* von 1966 ein und sagte kein Wort mehr.

5

Ich bog in die Einfahrt der Curtis' und stellte den Wagen hinter ihrer Lincoln-Sportlimousine ab. Sie wohnten abseits des Highways in einem kleinen Gebiet, das aussah, als hätte jemand vorgehabt, hier eine Neubausiedlung zu errichten, daraufhin vier Häuser aufgestellt und schließlich seine Meinung geändert. Sie waren im Sommer eingezogen und hatten noch immer keinen Rasen. Das gesamte Stück vor ihrem Haus bestand nur aus Sand.

Mrs. Curtis war die Erste, die uns begrüßte. Sie kam aus dem Haus gerannt und trug eine Strickjacke und eine Stretch-Hose. Mr. Curtis und seine Tochter Mary folgten. Durch das Wohnzimmerfenster sah ich ihren Fernseher. Sie sahen dasselbe Programm wie Kimmy.

»Sind Sie der Sheriff?« Mrs. Curtis umklammerte den Arm meines Vaters.

»Alles in Ordnung, Ma'am, beruhigen Sie sich.«

»Wir sind noch neu hier«, sagte sie. »Mein Sohn kam nicht nach Hause.«

»Wann haben Sie ihn zum letzten Mal gesehen?« Mein Vater hatte so eine Art, die Leute zu beruhigen. Wenn er vor einem stand und beiläufig seinen Kaugummi kaute, wirkte er so riesig und imposant, dass man einfach wusste, alles war in Ordnung, wenn man ihn auf seiner Seite hatte.

»Er war bei einem Freund zum Abendessen. Kevin Bottoms. Wir haben dort angerufen. Kevin sagte, er hätte sich von Ian vor über einer Stunde auf der Straße verabschiedet. Wir haben ihn noch nie so spät weggelassen. Sonst muss er um neun Uhr ins Bett.«

»Lassen Sie mich etwas zum Schreiben holen«, sagte mein Vater.

Er bewahrte seinen Notizblock in einer Aktentasche im Kofferraum auf. Er wandte sich an mich. »Junge, hol mir den Block. Das ist mein Sohn, Neil.« Ich gab Ians Eltern die Hand.

»Mom, es geht ihm gut«, sagte Mary. Sie war genervt und rollte mit den Augen. Ich kannte sie von der Schule. Sie sah uns mit einigen anderen Mädchen beim Football-Training zu.

Sie standen alle vorne am Wagen. Ich ging mit dem Schlüssel in der Hand zum Kofferraum. Mir war übel, und ich wollte mich übergeben. Ich hoffte, ich würde den Kofferraum öffnen, und Ian wäre einfach nicht mehr da.

Ich steckte den Schlüssel ins Schloss und blickte auf, um mich zu vergewissern, dass niemand sehen konnte, was ich gleich sehen würde. Dann öffnete ich den Kofferraum und blickte auf seine unnatürlich verdrehte Leiche. Der Kopf hatte sich während der Fahrt verschoben und starrte mich nun mit weit aufgerissenen Augen und offenem Mund an. Ich begann nach der Aktentasche meines Vaters zu suchen, hörte Mrs. Curtis, die davon sprach, welch guter Junge Ian war und dass er niemals spät ausblieb. Mr. Curtis schwieg – er stand neben seiner Frau und ließ sie reden. Mary fiel ihr wieder ins Wort: »Mom, es ist alles in Ordnung, du machst dir zu viele Sorgen.«

»Junge, hast du den Block?«

Ich konnte die Aktentasche nicht finden. Ich tastete hinter Ians Leiche den Boden ab, aber dort war nichts.

»Er ist hier nicht.« Ich wusste, was als Nächstes kommen würde. Ich schob Ians Leiche so weit wie möglich nach hinten und schloss den Kofferraumdeckel. Mein Vater näherte sich.

»Gib mir den Schlüssel.« Er nahm ihn.

»Er ist nicht drin.«

Ich trat vom Wagen zurück. Es blieb mir nichts anderes übrig, als wieder zu den anderen zu gehen. Mrs. Curtis lächelte mich an. Eine Sekunde lang fühlte ich mich sicher. Ich hatte das Gefühl, als würde sie mich beschützen. Ich blickte Mrs. Curtis in die Augen und konnte sehen, wie verängstigt sie war – und wie sehr sie ihren Sohn liebte. Einen verrückten Augenblick lang glaubte ich, ich könnte ihn vielleicht ersetzen.

Der Schlüssel, den mein Vater ins Schloss steckte, gab ein scharfes, kaltes Geräusch von sich. Ich hielt den Atem an, als der Kofferraumdeckel aufging, und wartete darauf, dass mein Vater mich verriet. Mrs. Curtis klang, als wäre sie weit, weit weg – als befände sie sich auf einem fernen Planeten, den ich von einem Satelliten aus betrachtete. Sie hörte nicht auf, über ihren Sohn zu sprechen. Etwas in mir wollte ihren Kummer beenden, ich wollte schreien: »Er ist tot! Ihr Sohn ist tot, es war ein Unfall!« Aber ich tat es nicht. Ich schwieg und tat so, als würde ich zuhören, während sie erzählte, wie vorsichtig Ian immer mit seinem Rad gefahren war. Ich weiß nicht, warum sie von ihrem Jungen und dem Radfahren erzählte. Ich denke, sie war stolz auf ihn. Oder vielleicht wollte sie sich an ihn erinnern. Vielleicht wusste sie insgeheim bereits, dass er tot war, und sie rief sich die glücklichen Momente so laut ins Gedächtnis, dass wir alle zu hören bekamen, wie es sein musste, wenn man noch unschuldig war.

Und dann hörte ich, wie der Kofferraum zugeknallt wurde. Mein Vater kam mit seinem Block zurück. Er ließ sich von Mrs. Curtis eine Beschreibung von Ian geben – eins-sechzig groß, vierundvierzig Kilo, kastanienbraunes Haar, eine Narbe am Kinn, die von einem Fahrradsturz geblieben war. Es klang wie die Beschreibung einer Leiche. Ich glaube, Frauen wissen manchmal intuitiv gewisse Dinge – eine Fähigkeit, die Männern abgeht.

Mein Vater sah mich nicht an. Er notierte sich nur die Informationen. Während er alles niederschrieb, bemerkte ich, dass Mary mich beobachtete. Sie lächelte und verdrehte ihren Knöchel, als würde sie Dehnübungen veranstalten.

»Hallo.« Das war alles, was sie sagte. Ich versuchte zu lächeln, konnte aber nicht. Ich nickte nur.

Mrs. Curtis wollte wissen, was mein Vater nun unternehmen würde. Er sagte ihr, dass er erst am nächsten Morgen den Bericht aufsetzen könne und dass Ian bis dahin hoffentlich wieder aufgetaucht sei. Und dann wandte sie sich an ihren Mann und sagte: »Vielleicht sollte ich Clive anrufen.« Mein Vater sah von seinem Block auf.

Mr. Curtis ergriff das Wort. »Clive ist ihr Bruder. Er arbeitet in Philadelphia für das FBI.«

Mein Vater nickte. Er hasste das FBI. Er nannte sie Buchhalter mit Kanonen. »Ich glaube nicht, dass das nötig ist«, sagte er.

Das Letzte, woran ich mich erinnerte, bevor wir in den Wagen stiegen und nach Hause fuhren, war das Lachen von Mrs. Curtis. Es war tief und voll und klang sehr seltsam. Schließlich kam es von jemandem, der Angst hatte. Mein Vater sagte etwas über die Tracht Prügel, die Ian verdient hätte, wenn er nach Hause kam. Vielleicht war sie einfach erleichtert zu hören, dass jemand glaubte, ihrem Sohn sei nichts geschehen. Er machte einen Witz über Kinder, denen nicht bewusst sei, wie schwierig es für die Eltern manchmal war, aber deswegen gebe es keinen Grund zur Sorge, schließlich würden sie das ja bald selbst herausfinden. Alle mussten darüber schmunzeln.

Auf dem Rückweg fuhr mein Vater. Ich saß auf dem Beifahrersitz. Er schaltete den Kassettenrecorder nicht an. Wir schwiegen. Er zog einen silbernen Flachmann aus seiner Jacke und nahm einige Schluck.

Wir fuhren in die Garage und stiegen aus. Ich ging nach oben, setzte mich auf mein Bett und wartete. Ich wartete darauf, dass er ins Bett ging. Ich wartete, dass unten die Lichter erloschen und alles still wurde und ich wusste, dass ich sicher war. Alle paar Minuten spähte ich um die Ecke. Sein Schlafzimmer lag unten gegenüber der Küche. Es fiel ihm schwer, mit seinem kaputten Knie die Treppen rauf und runter zu steigen. Er hatte sich als Football-Spieler für die Oklahoma State das rechte Knie ramponiert und humpelte seitdem leicht, auch wenn er versuchte, es zu verbergen, sodass manche glaubten, es sei eben seine Art, sich zu bewegen. Mein Vater war Mitte fünfzig, wirkte aber jünger, eher Ende vierzig. Er war noch immer gut in Form.

Als ich Schritte die Treppe hochkommen hörte, schaltete ich das Licht aus und legte mich ins Bett. Mein Vater klopfte kurz an die Tür, dann kam er einfach herein.

»Wie ist die Mannschaft in diesem Jahr?«

»Okay.« Meine Kehle war trocken, aber ich traute mich nicht zu schlucken, weil ich ihm nicht zeigen wollte, dass ich Angst hatte. Seine Augen lagen im Schatten – im Licht, das vom Gang hereinfiel, war nur der Umriss seines Kopfes zu erkennen.

Er stand nur da, und schließlich ging er hinaus und schloss die Tür. Ich lag in meinem Bett, starrte gegen die Decke und lauschte, wie er wieder die Treppe hinabstieg. Ich lag da, ließ alles erneut in meiner Erinnerung ablaufen und spürte, wie Ian gegen den Wagen meines Vaters prallte. Ich dachte, wenn ich es nur oft genug vor meinem geistigen Auge ablaufen ließ, könnte ich mich vielleicht davon überzeugen, dass alles nur ein Traum war. Nach einer Weile schaltete ich die Nachttischlampe wieder an und starrte auf das Foto meiner Mutter.

6

Wenn ich das Foto meiner Mutter betrachtete, starrte ich eine Fremde an. Manchmal versuchte ich mich an diesen Augenblick zu erinnern. Jenen Moment, in dem sich der Verschluss der Kamera geöffnet und diese glückliche Familie eingefangen hatte. Aber es ging nicht.

Ich konnte mich an andere Dinge in dieser Zeit erinnern. Ich erinnerte mich an meinen Vater, wie er mir ein Softeis schenkte; ich erinnerte mich, wie er mich vom Boden hochhob und sich auf die Schultern setzte. Ich fühlte mich sicher dort oben und klammerte mich mit den Händen an seine Stirn. Es fällt mir schwer zu glauben, dass ich mich bei meinem Vater jemals sicher gefühlt hatte, aber genau daran erinnerte ich mich.

Wenn ich allerdings an meine Mutter dachte, war da nur Leere. Bis auf jenen Augenblick in der Waschküche konnte ich mich an nichts erinnern. Manchmal saß ich im Unterricht und zwang mich, etwas zu vergegenwärtigen. Ich malte mir Szenen aus und fragte mich dann, ob sie wahr wären. Ich stellte mir vor, an ihrer Hand die Straße entlanggegangen zu sein oder neben ihr im Auto gesessen zu haben – Dinge, die geschehen sein mussten. Ich versuchte mich daran zu erinnern, wie sie mir Süßigkeiten gekauft oder mich zum Friseur gebracht hatte, aber es war zwecklos.

Manchmal hielt ich in Fernsehsendungen nach ihr Ausschau. Ich dachte, ich könnte sie vielleicht eines Tages in einem Werbespot für Waschmittel oder Frühstücksflocken sehen. Während des Sommers hatte ich mir auf der Suche nach ihr die Seifenopern angesehen. Ich nahm an, sie war nach Los Angeles gezogen und hatte dort irgendeinen Zahnarzt geheiratet und nie ein Wort über ihre Familie verloren, die sie in Carmen zurückgelassen hatte. Wahrscheinlich hatte sie inzwischen Kinder und wohnte in einem imposanten Haus in Beverly Hills.

Sie war erst achtzehn gewesen, als sie meinen Vater heiratete. Er war doppelt so alt. Sie wurde schwanger, also heirateten sie. Sie musste es dort draußen, mitten im Nichts, gehasst haben. Sie hatte ihren Job im Sands aufgeben müssen, nur weil mein Vater sie gevögelt hatte. Ich kann mir nicht vorstellen, dass sie schwanger werden wollte.

Mein Vater sprach niemals mit mir über meine Mutter. Ich wusste, dass sie von zu Hause abgehauen war –

das hatte mir Quinlan einmal erzählt. Recht viel mehr wusste er auch nicht, aber sie stammte aus einer ziemlich üblen Familie und hatte sich davongemacht. Sie ging nach Vegas und lernte dort meinen Vater kennen, und dann kam plötzlich ich. Ich stellte mir vor, wie mein Vater sie behandelt hatte. Ich stellte mir ihre Auseinandersetzungen, ihre Kämpfe vor. Wahrscheinlich wollte sie ausgehen und ihren Spaß haben, aber das konnte sie meinetwegen nicht mehr. Sie war jung. Sie war in einer Situation, die sie hasste, also haute sie ab. Wir waren eine üble Familie, also lief sie wieder davon. Gedanken wie diese gingen mir ständig durch den Kopf. Ich stellte mir vor, warum sie gegangen war; ich stellte mir vor, was geschehen sein musste, was er getan hatte, um sie zu vertreiben. Das hielt mich oft die ganze Nacht wach. Ich lag im Bett, wälzte mich hin und her und wurde immer ruheloser, wenn ich versuchte, dieses Geheimnis zu entwirren.

In meinen Zeugnissen stand immer: »Neil verfolgt den Unterricht nicht aufmerksam genug.« Das stimmte. Ich konzentrierte meine gesamte Energie darauf, das Warum herauszufinden. Ich musste wissen, *warum* sie gegangen war. Ich musste wissen, *warum* sie mich nicht mitgenommen hatte und *warum* wir auf diesem Foto so glücklich aussahen. Ich konnte mich auf nichts anderes konzentrieren, bevor ich nicht eine Antwort auf diese endlosen Warums gefunden hatte.

Ich starrte auf die Uhr und fragte mich, wann mein Vater ins Bett gehen würde. Er besaß einen CD-Player, in den er fünf CDs auf einmal einlegen konnte. Er saß nur da und hörte sich eine Neil-Diamond-CD nach der anderen an. Er hörte *Headed for the Future* und dann *Hot August Night, Beautiful Noise, The Jazz Singer* und schließlich *Tap Root Manuscript.*

Um sechs Uhr achtzehn morgens hörte ich unten die Dusche angehen.

Mein Vater stand gern früh auf. Kimmy kam nicht vor halb neun aus dem Bett. Sie schlief so lange wie möglich und veranstaltete dann eine ziemliche Hektik, um noch rechtzeitig zur Arbeit zu kommen. Normalerweise fuhr ich mit dem Bus zur Schule, außer in der Football-Saison. In der Football-Saison brachte mich mein Vater in die Schule.

Als die Dusche angestellt wurde, ging ich nach unten, schlich auf Zehenspitzen am Schlafzimmer meines Vaters vorbei und ging hinaus zur Garage. Ich wusste nicht, was ich mit der Leiche anstellen sollte. Ich wusste nur, dass ich sie aus dem Kofferraum schaffen musste. Ich musste sie loswerden.

Mein Herz pochte. Ich hatte schreckliche Angst, mein Vater könnte das Tor öffnen oder jemand anderes würde plötzlich auftauchen. Ich spürte, wie mein Herz gegen den Brustkorb hämmerte. Ich wollte ihn nicht sehen. Ian. Seine Mutter musste mindestens zwanzig Mal seinen Namen gesagt haben. Seine Mutter ging mir nicht aus dem Kopf – wie sie so dastand, sich an den Arm meines Vaters krallte und ihn anflehte, ihr zu helfen.

Ich setzte mich auf den Fahrersitz und ließ den Kofferraum aufklappen. Ich hatte Angst, seine Leiche zu sehen, Angst davor, dass alles nur um so realer werden würde, wenn ich die Leiche sah. Ich ging nach hinten und sah in den Kofferraum.

Er war leer.

Ich rang nach Atem. Und dann, ganz kurz, fühlte ich mich erleichtert. Total erleichtert. Ich beugte mich ein wenig nach vorn und überprüfte das hintere Ende des Kofferraums. Nichts. Die Leiche war fort. Ich atmete die warme Wüstenluft ein. Ich weiß nicht warum – vielleicht weil ich es mir so sehr wünschte –, aber für eine Sekunde dachte ich, alles sei nur ein Traum, eine Art verschwommener Traum. Es gab keine Leiche. Es hatte sie nie gegeben. Ich wollte lachen, ich wollte zu schreien anfangen. Ja. Ich hatte den Verstand verloren. Einen Augenblick lang war ich verrückt geworden, und jetzt war alles wieder in Ordnung. Ich wollte herumspringen und jeden umarmen. Aber ich konnte nicht.

Ich konnte es nicht, weil ich wusste, dass es nicht so war.

Ich taumelte aus der Garage. Auf dem Schotter brach ich zusammen und übergab mich. Ich übergab mich, bis mein Magen leer war – ich wollte erst wieder aufhören, bis von mir nichts mehr übrig, bis die Übelkeit, die ich in mir spürte, vollständig verschwunden war. Ich kniete auf allen vieren und krallte mich in den scharfen Schotter, und dann begann ich Neil Diamond zu hören. Ich hörte ihn singen. Sein Song ging mir durch den Kopf, und ich konnte ihn nicht mehr abstellen. Die Erde drehte sich, als wäre sie außer Kontrolle, und ich konnte mich nicht mehr bewegen, und alles, was ich hörte, war Neil Diamond, der mir seinen Song ins Ohr schrie.

Die Sonne ging auf. Es würde wieder ein klarer, heißer Wüstentag werden. Der Himmel würde von einem tiefen, wolkenlosen Blau sein. Ein leichter warmer Wind würde wehen. Alles würde genauso sein wie gestern. Alles ging so weiter, wie es sollte. Die Leute standen auf, zogen sich an, wuschen sich die Haare, aßen ihre Spiegeleier und lasen die Zeitung. Und mein Vater stand unter der Dusche und wusch sich rein.

MONTAG

7

Ich ging die Treppe hinauf und in mein Badezimmer. Ich hörte, wie mein Vater die Dusche zudrehte. Es fiel mir schwer zu glauben, dass er erst vor wenigen Minuten zum Duschen gegangen war. Mir schien es, als würden Jahre dazwischen liegen.

Ich duschte und zog mich an. Dann ging ich nach unten. Mein Vater saß am Tisch, vor sich eine Schale mit Cornflakes. Er sagte nichts. Er schob mir nur die Milch hin, nachdem ich meine Schale mit den Frühstücksflocken gefüllt hatte. Ich blickte auf. Er starrte auf seine Schale und schaufelte sich das Essen in den Mund. Ich wusste nie, ob er müde war. Er war so gut aussehend, dass er niemals müde wirkte – auch wenn er die ganze Nacht durchgesoffen hatte.

Er fuhr mich zur Schule. Um sieben Uhr dreißig begann das Football-Training. Er schob *Just For You* rein, Neil Diamonds Album von 1967, und begann dazu zu summen.

Mein Vater hatte eine wunderbare Gesangsstimme. Auch wenn er nur summte, war sie tief und resonant und immer in der richtigen Tonlage. Ich erinnerte mich daran, als ich klein war und er in der Kirche sang – es war immer ein wenig peinlich, weil seine Stimme so laut tönte. Ich glaube, wenn er kein Bulle geworden wäre, hätte er als Sänger in einer Bar auftreten können. So gut war seine Stimme. Ich glaube, mein Vater ging nur in die Kirche, um sich einzubilden, er sei Neil Diamond. Wenn er sang, hörte ich immer ein wenig auch Neil, als würde mein Vater ihm mit einem Zwinkern zu verstehen geben wollen: »Ich weiß, die Leute meinen, ich würde hier Jesus huldigen. Wir beide aber wissen doch ganz genau, wer der wirkliche König der Juden ist.«

Von Quinlan hatte ich erfahren, mein Vater sei ziemlich deprimiert gewesen, als er herausfand, dass Neil Diamond ein Jude war. Das war Anfang der achtziger Jahre gewesen. Sie hatten sich Neil Diamond in *The Jazz Singer* angesehen. Wie in Trance hatte mein Vater das Kino verlassen. Ich denke, mein Vater war einfach nur überrascht. Ich denke, es war verständlich, schließlich hatte Neil Diamond ein Weihnachtsalbum herausgebracht. Jedenfalls hatte er eine Woche lang nichts gegessen – er hatte fahrig und immer ein wenig geistesabwesend gewirkt. Und eines Tages war er in seinem Sheriff-Büro mit einem Davidstern um den Hals erschienen. Danach ließ es mein Vater nicht mehr zu, dass jemand etwas Abfälliges über den jüdischen Glauben sagte. Er zog sogar in Betracht, zu konvertieren. An einem Sonntagnachmittag fuhr er nach Vegas, um mit einem Rabbi zu reden. Als er zurückkam, wirkte er erschüttert. Anscheinend hatte ihm der Rabbi gesagt, dass da verdammt viel zu tun war, bevor sie einen zum Juden werden ließen. Mein Vater meinte nur, das sei ihm zu viel »Palaver«. Deshalb blieben wir Protestanten. Als Protestant musste man sich nur hin und wieder sehen lassen. Oder noch nicht mal das.

Ich starrte aus dem Wagen. Wir sprachen kein Wort miteinander. Ich wusste nicht, was ich sagen sollte. Ich war übernächtigt, ich hatte nicht geschlafen, dennoch fühlte ich mich so wach wie niemals zuvor in meinem Leben. Ich spürte meinen Pulsschlag bis hoch in den Hals.

Wir kamen an der Stelle vorbei, an der ich Ian getötet hatte. Ich sah die Spuren, wo ich gebremst hatte, nachdem ich ihn angefahren hatte. Und ich bemerkte die tiefen Rinnen im Schotter, dort, wo ich wieder losgefahren war. Ich weiß nicht warum, aber aus irgendeinem Grund ließ ich jetzt, als ich auf dem Beifahrersitz saß, die gesamte Szene vor meinem geistigen Auge wieder ablaufen. Ich weiß nicht, ob ich es tat, um mich selbst zu quälen oder in der Hoffnung, sie möge anders ausgehen. Ich bildete mir ein, sein Gesicht zu sehen. Er war gerannt, hatte sich erschreckt umgedreht und dem Wagen auszuweichen versucht. In Gedanken riss ich das Steuer nach rechts, mit dem Fuß trat ich instinktiv gegen den Boden des Wagens. Erst dann wurde mir bewusst, wo ich mich befand. Mein Vater schien es nicht bemerkt zu haben. Er fuhr weiter, starrte nach vorn und sagte kein Wort.

Wir fuhren durch das Zentrum von Carmen. Meine Heimatstadt. Der Ort war öde und braun und verschmolz mit der Wüste. Überall war Sand, nichts blieb lange sauber. Wenn man seine Fensterläden weiß anstrich, waren sie am Ende der Woche bereits wieder braun. Sogar die Menschen waren braun – sie wirkten müde und ausgelaugt und ohne jede Hoffnung. Und überall in Carmen gab es einarmige Banditen – sie standen in den kleinen Gemischtwarenläden, an Tankstellen, in Supermärkten. Aber niemand gewann jemals. Ich konnte es kaum ertragen, wenn ich die alten Frauen mit ihren Einkaufswagen voller Katzenfutter sah, die einen Quarter nach dem anderen in die einarmigen Banditen warfen.

Mein Vater bog links ab statt nach rechts in Richtung Schule und steuerte eine Chevron-Tankstelle an. Ich sah, dass der Tank noch zu zwei Dritteln voll war. Ich wollte ihn fragen, warum er zur Tankstelle fuhr. Ich wollte ihn fragen, was er mit Ian Curtis' Leiche gemacht hatte. Ich wollte ihn fragen, was hinter diesem unbestimmten, in die Ferne gerichteten Blick seiner Augen lag.

Erst als er auf das Schild WASCHANLAGE zufuhr, wusste ich, was er vorhatte. Er vernichtete die Spuren. Er zahlte dem Angestellten sechs Dollar. Ich wartete darauf, dass er etwas sagte wie »eigentlich solltest du das bezahlen«, aber er tat es nicht. Mein Vater war knausrig. Kurz nachdem er Kimmy kennen gelernt hatte, heuerte er einen von diesen Piloten an, die mit ihren Flugzeugen kleine Botschaften in den Himmel schreiben. Mein Vater wollte »Chester liebt Kimmy« haben. Als er jedoch herausfand, dass der Typ seinen Preis nach der Anzahl der Buchstaben berechnete, ließ er ihn »C ♡ K« schreiben. Das war's – nur dass er es auf drei Buchstaben reduziert hatte. Als sie es sah, begann sie zu weinen. Sie meinte, dass sei das Schönste, das sie jemals in ihrem Leben gesehen hätte.

Er legte den Leerlauf ein, und die Maschine zog uns in die Waschstraße. Ich liebte diese Waschstraßen, als ich klein war. Das schaumige Wasser sprühte gegen die Scheiben, sodass nichts mehr zu sehen war, während ich trocken und sicher hinten auf dem Rücksitz saß und die Maschinen im vollkommenen Einklang ihre Arbeit verrichteten. An jenem Morgen aber fühlte ich mich wie eingesperrt. Ich wollte nicht, dass mein Blick verstellt wurde. Ich hatte Angst, allein mit meinem Vater im Wagen zu sein.

Er nickte langsam zur Musik und betrachtete die Düsen, die ihre Strahlen gegen den Wagen richteten. Wie viele Sünden am Kühlergrill des Eldorado meines Vaters auch kleben mochten, sie wurden weggewaschen und an jenem Oktobertag, morgens um sieben Uhr, in die Ablaufrinnen gespült.

8

»Tempo, Tempo, Tempo!« Ulster, unser Trainer, hatte schlechte Laune.

Am Samstag stand das Spiel gegen die Las Vegas High School an – sie galt als die Nummer eins im Staat. Wir waren die Nummer zwei, und Ulster fieberte darauf zu gewinnen. Es nahm ihn immer übel mit, wenn wir verloren. Im vorangegangenen Jahr, als die LVHS uns im entscheidenden Spiel um die Meisterschaft geschlagen hatte, hatte Ulster regelrecht geweint. Wir waren alle peinlich berührt, als wir vom Feld kamen und er sich die Augen ausheulte.

Als mein Vater zur Schule einbog, spürte ich wieder diese Welle der Angst. Ich verspürte keine große Lust, allen gegenüberzutreten, die mich vergangene Nacht erlebt hatten. Wir kamen zu früh. Mein Vater fuhr mich immer sehr früh zum Training. Er sagte, wenn du eine Führungsposition einnehmen willst, musst du bereit sein, Dinge zu tun, die sonst niemand tut. Nur Joe Maine, unser Wasserträger, war bereits da. Er kämpfte sich mit einem großen Krug Wasser in der einen Hand und einem Eimer mit Orangenviertel in der anderen über den Parkplatz. Er nickte mir zu, und ich winkte zurück. Ich mochte Joe. Er war so groß wie eine Erdnuss, aber er wollte Football spielen. Ulster ließ ihn daher zusammen mit der Mannschaft das Aufwärmtraining absolvieren, dafür stand er jeden Morgen um halb sechs auf und schälte Orangen und trug das Wasser auf das Spielfeld.

Die Carmen High School war eine große Football-Schule. Es gab nur sechshundert Schüler, daher war es bereits ein großer Erfolg, dass wir überhaupt um die Meisterschaft mitspielten. Die Lehrer behaupteten zwar, sie würden die Spieler nicht bevorzugen, taten es aber dennoch. Wir gaben unsere Arbeiten immer zu spät ab und wurden nie zurechtgewiesen. Die Lehrer arrangierten sich mit Ulster, der nicht nur unser Trainer, sondern zufällig auch der Direktor der Schule war. Solange man beim Training erschien und hundertzehn Prozent gab, kam man relativ problemlos über die Runden. Gelegentlich bekam er zwar den Koller, wenn einer der Jungs es zu weit trieb, aber wenn es darauf ankam, wenn man in der Startformation auf dem Feld stand, dann bekam man die Noten, die man brauchte.

Mit einigen Lehrern trieben wir es wirklich bunt, vor allem mit Mr. Russell. Russell unterrichtete Mathematik. Er war ein leicht nach vorn gebeugter, unsicherer

Typ, der jeden Tag dieselbe blaue, fadenscheinige Polyesterhose trug und nach Schweiß roch. Er liebte die Mathematik. Wenn er etwas erklärte, wurde er unheimlich aufgeregt und begann vor der Tafel auf den Zehen zu tänzeln. Es war ihm nicht bewusst, wie lächerlich das aussah. Vielleicht war es ihm auch egal. Er redete dann immer schneller, und seine Stimme ging eine Oktave nach oben.

Wenn er nicht hersah, warfen wir mit Kreide nach ihm, und wir brüllten, wenn er etwas an die Tafel schrieb. Drehte er sich um, taten wir so, als würden wir konzentriert dem Unterricht folgen. Dazwischen brüllten wir unseren Unsinn. »Huuu!« »Ahhhh!« Und wir konnten wirklich plärren, ich meine, lauthals kreischen. Das Ganze war so eine Art Wettbewerb, wer am lautesten schreien konnte. Wir taten es, um ihn zu quälen. Er begann zu zittern – stand nur da, zitterte, hatte die Kreide in der Hand und war vollkommen hilflos, wie ein nasser Hund. Manchmal schoben wir anderen die Schuld zu. Einmal ging Russell auf dieses Weichei Steven Milne los und rastete völlig aus. Wir mussten uns in die Handballen beißen, um uns das Lachen zu verkneifen.

»Farby, du Schlappschwanz, mehr in die Knie, und jetzt los!«

Ulster hatte uns in einer Reihe Aufstellung nehmen lassen, und einer nach dem anderen musste gegen den Blockschlitten laufen.

»Los, bewegt euch, ihr kleinen, lausigen Furzer! Ich will sehen, dass da was zu Bruch geht! Los!« Er stand an der Seitenlinie und hatte eine riesige Tüte mit Sonnenblumenkernen in der Hand. Er war süchtig nach ihnen und hinterließ ständig Häufchen leerer Schalen; die Vögel schwirrten um ihn herum, als sei er der Heilige aller Geschöpfe. Dazu schrie er uns an, und zwischen seinen Zähnen steckten die Kerne, und an seinen Lippen und an den Wangen klebte die trockene Paste, und keiner wollte den Befehlen dieses Irren folgen, der keinerlei Essmanieren zu besitzen schien.

Ich rannte gegen den Schlitten und hatte das Gefühl, ich müsse sofort wieder kotzen.

»Garvin!«

»Ja?«

»Du wirfst dich gegen dieses Ding, als wär das die letzte Möse auf Erden. Mehr in die Knie und etwas mehr Hingabe.«

Ich hasste Ulster. Er erzählte uns immer, wir seien alle nur Teil einer Maschine, einer sehr einfachen, aus elf Spielern bestehenden Maschine. »Lasst uns die Dinge nicht unnötig kompliziert machen, indem wir hier auf irgendwelche Persönlichkeiten Rücksicht nehmen«, sagte er immer. Und er belog uns. Seine Ansprachen vor den Spielen waren voll mit Geschichten aus seiner Vergangenheit; sie sollten uns inspirieren, waren aber so offensichtlicher, verlogener Blödsinn, dass es mich schockierte, wenn ich mich umsah und bemerkte, dass alle anderen darauf hereinfielen.

»Wie geht's dir?« Reed war hinter mir.

»Ging schon mal besser.«

»Du warst letzten Abend ziemlich am Arsch.« Reed hatte die Angewohnheit, am Ende eines Satzes mit der

Stimme nach oben zu gehen, so dass aus einer Feststellung eine Frage wurde. Solange man nicht darauf antwortete, hing der Satz in der Luft und hinterließ ein ungutes Gefühl.

»Ja«, erwiderte ich.

»Einige der Jungs sind ziemlich stinkig auf dich, vor allem Fred. Weil du Amy beleidigt hast.« Ich spürte seinen Atem im Nacken. »Das ist unser Jahr, Kumpel ... entweder wir packen es, oder wir ...« Er flüsterte es nur, weil Stubby Fluke vor uns stand. Stubby war unser zweiter Receiver. Stubby hasste uns beide. Im vergangenen Jahr, bei der Fete nach der Southern State Championship, war Stubby auf mich losgegangen und hatte sich beschwert, dass ich Reed im Spiel bevorzugen würde. Er war wütend, da alle College-Scouts aus dem Südwesten anwesend waren und er keinen einzigen Punkt gemacht hatte. Wir trugen es draußen aus, und man musste uns gewaltsam voneinander trennen.

Dabei hatte Stubby Recht; sogar Ulster hatte sich bei mir darüber beschwert – ich zog Reed vor. Seit jenem Morgen, an dem er aus Bakersfield hierher gekommen war, hatte ich ihm jeden Tag im Hof hinter seinem Haus den Ball zugeworfen. Wir hatten immer und immer wieder die gleichen Spielzüge trainiert. Es war ganz einfach: Reed lief weit nach vorn, und ich ließ mich zurückfallen, bis er die Endzone erreicht hatte, dann warf ich den Ball, und wenn wir perfekt aufeinander abgestimmt waren, musste er sich nur kurz über die rechte Schulter umdrehen, und der Ball schwebte in seine Arme. Wir hatten diesen Spielzug tausende Male in Reeds Hof geübt, so oft, dass er uns nachts in unseren Träumen verfolgte. Wir spielten, bis es dunkel wurde; ich warf den Ball, bis er ihn nicht mehr sehen konnte, bis er in seinem Gesicht landete. Und Reed beschwerte sich nie – es machte ihm nichts aus, an die Schmerzgrenze zu gehen. Ich warf den Ball, der im Dämmerlicht verschwand, und dann hörte ich nur ein »Agh« und wusste, dass er sich wieder eine blutige Nase geholt hatte und es an der Zeit war, nach Hause zu gehen.

Nach der Prügelei mit Stubby hatte Reed mich nach Hause gefahren. Es war ein unglaublicher Tag gewesen – Reed hatte alle meine Pässe gefangen, und nach dem Spiel stellten sich die Scouts der gesamten Region vor. In jener Nacht saßen wir in Reeds Wagen und unterhielten uns über unsere Zukunft, als wäre sie eine einzige, gemeinsame Zukunft. Ich erinnere mich, dass Reed sagte, es wäre toll, wenn wir für das gleiche College spielen würden. Ich stimmte zu. Ein unausgesprochener Pakt.

Stubby nahm das Spiel sehr viel ernster als wir alle. Es war kein Geheimnis, dass Stubby nach der High School nur eines wollte – ein Football-Stipendium an einem großen College. Er saß nicht mit der Mannschaft beim Mittagessen, sondern bei seiner Freundin Stacey und hatte vor sich auf dem Tisch sein Proteinpulver und seine Vitaminpillen ausgebreitet. Stubby hielt sich für einen Experten in Ernährungsfragen und führte über alles Buch.

Stubbys Vater saß immer auf der Tribüne, kaute Kaugummi und sah auf das Spielfeld. Er war genauso wie sein Sohn; er unterhielt sich kaum mit den anderen Vätern. Gelegentlich zog er einen Block aus seiner Hemdtasche und kritzelte etwas hinein, das er dann beim Abendessen mit Stubby besprach.

Viele Väter kamen zum Training. Die meisten waren Arbeiter, die in Vegas die Stempeluhr drückten und in Carmen wohnten, wo man für seine Kohle mehr bekam. Sie hatten Jobs, die in billigen Kleinanzeigen angepriesen wurden – zeitlich befristete Anstellungen, die sich dann ewig hinzogen. Freds Vater war wie der Vater von Farby Croupier. Der Vater von Pinguin arbeitete als Wachmann im Bally's, und Benny Jerichos Alter begleitete Nacht für Nacht in der Lounge des Continental Hotel den Sänger. Morgens fuhren sie ihre Söhne zum Training und hingen dann auf der Tribüne herum, zogen sich gegenseitig auf und bekleckerten sich mit Kaffee. Alle waren geschieden, manche hatten sogar zwei, drei, vier Ehen hinter sich, und die meisten besaßen diesen Ausdruck in den Augen, den ich bei den Männern gesehen hatte, die auf Neil Diamond warteten – sie hatten ihre Träume hinter sich gelassen und schlugen nun die Zeit tot. Manchmal rissen sie darüber sogar Witze, über *diese verrückten Träume ihrer Jugend*. Es nervte mich – es war eine spöttische Art, uns allen zu sagen, dass wir dämlich waren, dass sich auch unsere Träume nicht erfüllen würden. Gleichzeitig aber gaben diese Männer Geld aus, das sie nicht besaßen, nur um ihre Söhne mit der neuesten Ausrüstung auszustatten, und erschienen bei jedem Training, um sie anzufeuern. Es war verwirrend. Sie wollten, dass ihre Söhne Erfolg hatten, und sagten ihnen im gleichen Atemzug, dass sie sich nicht allzu viele Hoffnungen machen sollten. Dabei blieb uns nur die Hoffnung. Was anderes hatten wir nicht. Ich denke, tief in ihrem Inneren glaubten sie nicht an uns, denn schließlich waren wir ja ihre Söhne.

In ein College-Team aufgenommen zu werden war der geheime Wunschtraum jedes Spielers. Die meisten redeten nicht darüber, aber man spürte es jedes Mal, wenn ein Scout auftauchte. Dann begann das Geflüster auf der Bank, von dort sprang es aufs Feld über und verbreitete sich bis zur Frontline, bis schließlich alle auf einem ganz anderen Niveau spielten.

»Okay, Garvin, los!«

Ich ging in die Hocke und starrte gegen den Schlitten. In diesem Moment bemerkte ich, dass einer der beiden, die den Schlitten hielten, Fred war. Er starrte mich mit seinem traurigen Blick an. Der große, träge, liebe Fred. Ich musste immer lachen, wenn ich an ihn dachte. Er war alles andere als helle. Wäre er nicht im Football-Team, würde er nie die Noten bekommen, die er brauchte, um die Klasse zu schaffen. Die meisten Mädchen kicherten, wenn er vorüberging. Er war so eine Art skurriler Bär. Aber jetzt fiel mir etwas auf, das ich bis dahin nicht wahrgenommen hatte: Er war glücklich. Das war mir niemals bewusst gewesen. Er hatte sein Football und Amy und doppelte Portionen beim Mittagessen – sein Vater war sein bester Freund, und er liebte seine Mutter mit einer Inbrunst, die ans Komische grenzte. Seine Mutter machte ihm opulente Lunch-Pakete, mit denen wir ihn aufzogen, bis wir merkten, dass ihm das ziemlich egal war. Sie bereitete ihm Gourmet-Sandwiches in tausend verschiedenen

Variationen – mit Oliven und Paprika und Schinken und Zwiebeln und selbst gebackenem Brot; kulinarische Kunstwerke, die Fred wie ein wild gewordener Schimpanse verschlang. Die meisten Schüler aßen Erdnussbutter-Sandwiches, oder ihre Eltern gaben ihnen ein paar Dollar, dann verzehrten sie den Fraß aus der Cafeteria; das Mittagessen war nur dazu da, den Hunger zu stillen, bis man nach Hause kam und einem die Mutter eine richtige Mahlzeit hinstellte. Ich glaube, deshalb lösten Freds Mahlzeiten bei den anderen so viel Neid aus: Seine Mutter war immer bei ihm, auch wenn er sich unter seinen Freunden aufhielt.

»Garvin, mach schon!« Ulster wurde wütend.

Ich starrte auf Fred, und er starrte zurück. Er sah nicht wütend aus. Es wäre leichter gewesen, wenn er es getan hätte. Er sah eher verletzt aus. Ich spürte, wie mich die Kraft verließ; auch wenn ich es gewollt hätte, wäre ich nie bis zum Schlitten gekommen. Ich blickte zu Ulster und nahm meinen Helm ab. »Mir geht's heute nicht so gut, Coach.«

»Es interessiert mich nicht die Bohne, wie's dir geht, Garvin. Du wirfst dich gegen den Schlitten, dass du die G-Kräfte zu spüren bekommst, oder du kannst dich unter die Dusche verziehen, und denk dann ja nicht daran, dass du noch mal einen Fuß auf dieses Feld setzt!«

Ich hasste Ulster. Ich hasste, wie er uns antrieb, dass ihm die einzelnen Spieler egal waren. Ich hasste ihn wirklich. Seine Skrupellosigkeit. Ich meine, ich hasste ihn einfach.

»Ich hab keine Lust, Coach.« Ich weiß nicht, woher

das kam, aber es war mir egal. Ulster hatte eine Miene aufgesetzt, als wolle er einfach nicht glauben, was er soeben gehört hatte.

»Du mieser, kleiner Furzer, ich will, dass du dich auf der Stelle gegen diesen beschissenen Schlitten wirfst. Auf der Stelle!« Niemals zuvor hatte ich gehört, dass er das Wort »beschissen« in den Mund genommen hatte. Er nannte uns Furzer, aber er fluchte nicht richtig. Für einen Moment brachte mich das zur Besinnung. Ich drehte mich um und sah zum Schlitten. Ich wollte schon loslaufen, als ich erneut Fred erblickte. Ich wollte, dass Fred mir zunickte, dass er mir irgendwie die Erlaubnis gab, mir sagte, es sei okay, aber er tat es nicht.

»Beweg dich! Los! Los!« Alle aus der Mannschaft starrten zu mir herüber. Ich zögerte. Mit jeder Sekunde verlor Ulster etwas mehr von seiner Autorität. »Wenn du jetzt abhaust, Garvin, dann war's das; denk ja nicht daran, dass du noch mal dieses Feld betreten wirst!« Er sah aus wie ein Fisch. Er hatte Hängebacken. Ich glaube, manche Menschen altern einfach über Nacht. Ich konnte mich nicht erinnern, seine Hängebacken vorher schon bemerkt zu haben. Sie zitterten; er sah dadurch schwach und harmlos aus. »Du wirfst deine Zukunft weg, das weißt du hoffentlich.«

Meine Zukunft. Ich murmelte nur »ich kann nicht«, schob mich mit gesenktem Kopf zwischen den anderen hindurch und trottete vom Spielfeld.

9

»Was soll das?« Reed kam zu mir gelaufen.

»Lass mich in Ruhe.«

»Ich glaub dir nicht.« Das hatte er gesagt. Und damit hatte er Recht. »Nur weil du ihn nicht magst … O Gott! Ich versteh dich nicht.«

Die ersten Schulbusse waren auf dem Parkplatz angekommen, und einige Schüler saßen bereits auf der unüberdachten Tribüne neben den Vätern der Spieler. Ich erkannte Mary Curtis, die neben Julie Sorge Platz genommen hatte. Julie war in meiner Mathe-Klasse. Sie trug billige, geschmacklose Kleidung, sie war nett, aber es interessierte sich kaum jemand für sie. Und Lenore war da. Sie stand allein oben auf dem Hügel, wo sich der Eingang zur Tribüne befand. Sie sah aus, als hätte sie die ganze Nacht geweint. Ich wusste nicht, ob ich sie liebte, ich wusste nicht, welche Gefühle ich hatte. Ich denke, ich wollte, dass ich sie liebte. Einmal hatte sie mir gesagt, dass sie mich liebe, also hatte ich es ihr auch gesagt, und dann hatten wir nie wieder darüber gesprochen. Ich schaffte es immer, genau das Falsche zu sagen, aber irgendwie gab sie mir das Gefühl, dass alles, was ich an mir hasste, im Grunde überhaupt nicht zählte. Sie wollte mich noch nicht einmal davon überzeugen, obwohl Mädchen das ansonsten gern tun. Einmal machte ich mit Kate Urmswood herum, aber Lenore sagte mir lediglich, was ich doch für ein *wundervoller Mensch* sei. Am liebsten wäre ich danach in den Wald gerannt und hätte mich nur noch von Rinde ernährt. Ich wusste, sie versuchte im Grunde nur, sich selbst zu überzeugen. Ich stritt mich nicht mit ihr, aber ich war mir sicher, nicht mehr scharf auf sie zu sein. Ich denke, mehr als jeder andere akzeptierte Lenore alles an mir, was ich nicht akzeptieren wollte; deshalb war sie meine Freundin. Warum ich ihr Freund war, wusste ich nicht. Darüber dachte ich ständig nach.

Lenore sah mich über das Feld auf sie zugehen. Unsere Blicke trafen sich, dann drehte sie sich um und ging weg. Sie schritt über den Parkplatz zum Schulgebäude.

Einige der Schüler unterhielten sich über mich.

»Was machen wir ohne Quarterback?«

»Die finden einen anderen. Er war sowieso ein Arschloch.«

Ich spürte, wie mein Magen wie eine Falltür aufklappte. Mrs. Aemes, meine Englischlehrerin, fiel mir ein, die das Wort *Persona non grata* gebraucht hatte. Sie hatte von einem Typen gesprochen, der den Mob verpfiffen hatte; sie hatte ihn in einem Film aus den vierziger Jahren gesehen. Dieser Typ war von allen verachtet worden, von seinen Freunden, seiner Familie, schließlich hatte auch seine Frau ihn verlassen. Er musste aus der Stadt wegziehen, und dann stellte er sich die Frage, ob seine Entscheidung richtig gewesen war. Hätte er seinen Mund gehalten, hätte sein Leben so wie bisher weitergehen können.

Aber ich konnte nicht gegen diesen Schlitten laufen, egal, wie sehr Ulster mich beschimpfte. Auch wenn er mich den ganzen Tag einen schlappen Furzer genannt hätte. Ich konnte einfach nicht gegen den Schlitten laufen, wenn mich Fred Billing dabei anstarrte.

Ich hatte seine Freundin als Zyklopen bezeichnet.

Wahrscheinlich wollte er mir sogar verzeihen. Wahrscheinlich wollte er eine Erklärung finden, um es dann ad acta legen zu können, wie es die meisten mit mir getan hatten. In letzter Zeit entschuldigten sie mein Verhalten, weil ich den »millionenschweren Arm« hatte, wie ihn die Lokalzeitung genannt hatte. Solange ich für Carmen die Spiele gewann, taten die Leute mein Verhalten als »ungestüm« ab. Aber auf dem Weg zur Umkleide wurde mir bewusst, dass ich im Begriff war, zur Persona non grata zu werden.

Im ersten Saisonspiel hatte ich einen Pass über vierundfünfzig Yards auf Reed zum Touchdown geworfen. Carl Elders hatte im *Monitor* einen Artikel darüber geschrieben, ESPN hatte den Pass in der Wochenzusammenfassung gezeigt. Es wurde ziemlich viel Wirbel darum veranstaltet. Jedenfalls kamen von da an Scouts zu allen Spielen, manche sogar zum Training. Sie standen an der Seitenlinie und unterhielten sich mit Ulster. Elders halbseitiger Artikel beschrieb eingehend, wie manche Menschen ohne besonderen Grund außergewöhnliche Fähigkeiten besitzen. Er hatte dafür recherchiert und mich interviewt, weil er herausfinden wollte, warum manche so weit und vor allem so genau werfen konnten. Ich hatte ihm erzählt, ich hätte schon als kleines Kind mit meinem Vater Bälle geworfen. Das war aber nur die halbe Wahrheit. Tatsächlich lag es daran, dass ich exzessiv masturbierte. Mein linker Arm war doppelt so stark wie mein rechter. Ich hatte einen so tollen Wurf wegen der schnellen Muskelfasern im linken Handgelenk und Unterarm, die sich nach Hunderten von Stunden ausgebildet hatten, in denen ich im oberen Badezimmer unermüdlich meine Rakete perfektioniert hatte.

Ein Scout der Universität von Las Vegas kam mehrere Male zu unserem Training. Das erste Mal erschien er nach dem Bericht im Fernsehen. Er hieß Norman Lime und sah überhaupt nicht so aus, wie man sich einen Scout vorstellte. Er hatte die Form einer Kerosinlampe und kein Haar auf dem Kopf, nur zwei Büschel links und rechts, was ihm das Aussehen eines Clowns verlieh. Jedes Mal wenn ich ihn sah, hatte er ein Furunkel im Gesicht, immer an einer anderen Stelle. Einmal saß es genau auf seiner Lippe, ich konnte nicht hinschauen und musste immer auf meine Füße starren. Nicht dass ich Vorurteile gegen körperliche Gebrechen hätte, ich denke nur, die Leute sollten sie offen ansprechen, damit die anderen, wenn sie sich mit ihnen unterhielten, nicht immer zu Boden starren mussten. Jedenfalls kam er diese Saison wieder, und einige Wochen vorher hatte er nach dem Training Reed und mich seinen silberfarbenen BMW fahren lassen. Er erzählte uns, was für tolle Autos diese BMWs wären und dass »vielversprechende Sportler«, die für das College spielen wollten, sie als Anreiz bekämen. Es klang so, als würde jeder einen bekommen. Reed war ziemlich fasziniert, auch wenn er mir am nächsten Tag erzählte, dass er nie einen Importwagen fahren würde. Lime setzte Reed am Parkplatz wieder ab und fuhr mich nach Hause. Dabei fragte er mich, was ich von Stubby Fluke halte. Ich erstarrte. Ich wollte ihm von Reed erzählen, tat es aber nicht. Stubby, sagte ich, sei ein sehr guter Spieler, der hart an sich arbeite. Mein Gesicht brannte. Ich fühlte mich schuldig, gerade so, als müsste ich mich für Reed einsetzen. Ich wollte es, ich wollte ihm erklären, welch großartiger Spieler Reed sei, wie zuverlässig er sei. Ich wollte ihm erklären, dass wir einen Pakt hatten. Stubby war schneller als Reed, aber Reed spielte aus ganzem Herzen. Reed gehörte zu den Spielern, die nicht nach der Statistik bewertet werden konnten – Reed ging an seine Grenzen. Es machte mich wütend, wenn ich auch nur versuchen sollte, die beiden miteinander zu vergleichen; ich wusste nur, dass ich Reed immer Stubby vorziehen würde. Stubby würde nie an seine Grenzen gehen.

Mein Vater lud Lime zu uns nach Hause ein und behandelte den Clown wie eine königliche Hoheit, reichte ihm ein Glas Midori auf Eis und unterhielt ihn mit einem endlosen Schwall schmutziger Witze, die nicht witzig waren, bei denen Lime allerdings vor Lachen nach Luft schnappte. Lime erzählte meinem Vater, dass er von meinem Arm sehr beeindruckt sei. Er nannte ihn *diesen Arm*, als wäre er etwas, das ich in meinem Schrank aufbewahrte. Er sagte meinem Vater, dass er mich nicht aus den Augen lassen wolle, und die beiden zwinkerten sich zu wie zwei Wackelpuddings. Später begleiteten wir Lime zu seinem Wagen, und er öffnete den Kofferraum und gab mir eine Football-Lederjacke der UNLV. Ich erzählte Reed nichts von der Jacke. Ich wusste nicht, wie ich es hätte anstellen sollen. Lime ließ mich die Jacke anprobieren, um zu sehen, ob sie mir passte. Sie passte.

Reed hörte dann doch von der Jacke, auch wenn er es

mir gegenüber nie erwähnte. Mein Vater hatte den anderen Vätern davon erzählt, und so ging die Sache eben herum. Ich schämte mich, dass ich mich nicht für ihn eingesetzt hatte, und ich war wütend, dass ich diese Entscheidung zu treffen hatte. Ständig dachte ich darüber nach, was er an meiner Stelle getan hätte. Dass zwei Spieler vom selben College aufgenommen wurden, war sehr unwahrscheinlich; es gehörte zu jenen Dingen, die man einfach nicht erwarten konnte. Es machte mich wütend, dass Reed die Jacke nicht erwähnte. Es war, als wolle er damit zum Ausdruck bringen, dass er sich an meiner Stelle bei Lime für mich eingesetzt hätte. Deshalb fühlte ich mich in den vergangenen Wochen in Reeds Gegenwart immer etwas beklommen.

Jemand klopfte mir auf die Schulter. Es war Mary Curtis. Sie trug einen Faltenrock und ein dünnes Baumwoll-T-Shirt mit einem winzigen Schleifchen am Ausschnitt.

»Hallo.«

»Hallo.«

»Alles okay?« Sie fragte mich, ob alles okay sei.

»Ja.«

»Danke, dass ihr gestern Nacht noch gekommen seid. Meine Eltern flippen völlig aus. Mein Bruder ist noch immer nicht nach Hause gekommen. Niemand weiß, wo er ist.« Ich hatte keine Ahnung, was ich sagen sollte. Ich wusste auch nicht, wo ihr Bruder war. »Das hörte sich ja ziemlich übel an dort auf dem Spielfeld.«

»Ja.« Wir gingen durch die Eingangshalle. Auf der

anderen Seite sah ich Lenore im Gespräch mit dem Musiklehrer Mr. Erickson. Lenore spielte in der Carmen Stage Band das Saxophon. Sie sah mich und Mary, drehte sich dann um und blickte weg.

»Ich geh jetzt lieber mal duschen«, sagte ich zu Mary.

»Okay, wir sehen uns dann.«

Die Umkleide war leer. Ich setzte mich auf die Bank und hörte meinem Atem zu. Normalerweise störte mich der saure Schweißgeruch, sodass ich nie lange blieb, an diesem Morgen aber fühlte ich mich wohl hier. Es roch vertraut. Es gab Typen in der Mannschaft, die vom Training reinkamen, ihr Trikot aus- und ihre Sachen anzogen und dann sofort in den Unterricht marschierten. Sie duschten sich nicht. Ich fragte mich immer, ob sie überhaupt wussten, dass sie stanken. Vielleicht bestand für sie zwischen Schwitzen und Stinken kein Zusammenhang. Vielleicht glaubten sie, sie seien noch Kinder. Kinder konnten den ganzen Tag rumlaufen und stanken nicht. Aber wenn man erst mal in der Pubertät war, sollte Waschen zu den täglichen Gewohnheiten gehören. Aber einige schnallten das einfach nicht. Ich wollte es ihnen immer mal sagen, aber das war etwas, worüber keiner zu reden schien. Manchmal fragte ich mich sogar, ob es die anderen überhaupt bemerkten.

Ich hatte das Gesicht in den Händen vergraben und gab laute, schluchzende Töne von mir. Ich versuchte mich zu zwingen, ich wollte weinen, aber die Tränen kamen einfach nicht. Es war peinlich, als ich aufsah und bemerkte, dass noch jemand im Raum war; dieser Neuntklässler, der für die Schule an Querfeldein-Rennen teilnahm. Er war ein knochiger Junge und rannte jeden Morgen mit dem Rucksack auf dem Rücken in die Schule. Er sah mich an, während er sich auszog. Normalerweise hätte ich jemanden wie ihm gesagt, er solle sich zum Teufel scheren, aber ich fühlte mich dazu nicht in der Lage.

Ich legte mein Trikot ab und ging unter die Dusche. Der andere war nur wenige Meter von mir entfernt. Es war ein seltsames Gefühl, nackt und allein mit einem anderen unter der Dusche zu stehen, vor allem, nachdem er mich vor kurzem in dieser peinlichen Situation überrascht hatte. Ich drehte mich von ihm weg und wusch mich so schnell wie möglich.

Ich zog mich an und ging in die Cafeteria. Ein paar saßen herum, tranken ihr Coke und warfen mit den kleinen, harten Äpfeln, die in der Schule mittags umsonst verteilt wurden, auf die Abfalleimer. In der Ecke saß Mr. Russell, der einigen Schülern etwas erklärte. Mir fiel ein, dass ich heute noch eine Mathe-Arbeit zu schreiben hatte. Für eine Sekunde beschlich mich ein panikartiges Gefühl, dann war es vorüber, und ich spürte nichts mehr.

10

Ich saß im Klassenzimmer und tat so, als würde ich meine Mathe-Notizen durchsehen. Ich hörte das Geflüster. Es hatte sich bereits in der Schule herumgesprochen, dass ich aus der Football-Mannschaft geflogen war.

Hinten im Raum hörte ich zwei Typen, die Geräusche von sich gaben, wie wir sie in Russells Unterricht veranstalteten.

»Huuuu!«

»Ahhhh!«

Clyde und Dayton. Sie waren Cousins – abgerissene kleine Trailer-Park-Kiffer mit blutendem Zahnfleisch und blonden, fettigen Haaren, Typen, von denen man nichts anderes erwartete, als dass sie die ganze Schule terrorisierten. Sie rochen ständig nach Gras und trugen verdreckte, selbst bedruckte T-Shirts, auf denen Slogans wie *Leck mich!* standen. Sie hassten mich, weil ich mich einmal vor ein paar Mädchen über sie lustig gemacht hatte. Ich hatte ihnen gesagt, sie stammten von einer langen Reihe inzestuöser Wichser ab, deren Gen-Pool so seicht sei wie eine Dreckpfütze. Das hatte ich meinen Vater sagen hören, der es von einem Komiker auf »An Evening at the Improv« hatte. Ich denke, ich hatte ihre Gefühle verletzt. Wahrscheinlich hatte ich einen Nerv getroffen. Jedenfalls packten sie ihre Bücher zusammen, trotteten durch die Eingangshalle davon und murmelten etwas in ihrem seltsamen White-Trash-Dialekt.

Und jetzt machten sich Clyde und Dayton über mich lustig. Die Geräusche, die sie von sich gaben, waren auf mich gemünzt, und ich konnte nichts dagegen tun.

»Ahhhh!«

Einige Jungs von der Mannschaft waren da, Benny Jericho und Ernie Gates. Sie saßen vor mir und starrten vor sich hin. Ich war ganz allein. Ich vergrub die Nase in meinen Notizen.

»Huuuu!« »Ahhhh!« Sie machten mich zum Idioten. Einige der anderen Schüler lachten. Am liebsten wäre ich aufgestanden und hätte ihre Köpfe gegeneinander geschlagen.

»Drückeberger.« Es kam von Dayton. Er hatte vom vielen Gras-Rauchen eine raue, schläfrige Stimme. Ich drehte mich um und starrte ihn an. Ich versuchte ihn gefährlich anzusehen, so wie es mein Vater mit mir machte, wenn er mich einschüchtern wollte.

Beide brachen in ein lautes »Uuuuuu« aus. Ich drehte mich nach vorn. Ich konnte nichts tun. Ich spürte, wie mein Rücken warm wurde. In meinem Kopf vermischten sich Wut und Verwirrung. Sie hatten gewonnen. Sie hatten keine Angst mehr vor mir. Ich hatte vor allen das Gesicht verloren.

Mrs. Aemes kam ins Klassenzimmer. Sie war draußen in der Halle gewesen, um die Nachzügler zur Eile anzutreiben.

Der Gong ertönte, und alle erhoben sich für die Nationalhymne. Hinter mir hörte ich Clyde und Dayton kichern.

Während der Nationalhymne traf mich ein speicheltriefendes Papierkügelchen am Hinterkopf.

11

Etwa dreihundert Schüler der Carmen High School hatten sich zusammen mit einem Dutzend Highway-Polizisten und den Angehörigen des örtlichen Sheriffbüros neben der Straße zwischen dem Haus von Fred

Billing und dem der Curtis' aufgefächert. Wir gingen den Weg ab, den Ian Curtis laut Kevin Bottoms, der ihn zuletzt gesehen hatte, genommen haben sollte.

Unmittelbar nach der Nationalhymne hatte sich Ulster über die Lautsprecheranlage gemeldet und verkündet, dass einer unserer Mitschüler vermisst und der Unterricht deshalb für diesen Tag ausgesetzt werde; alle Schüler würden aufgefordert, der Polizei bei der eingeleiteten Suchaktion behilflich zu sein. Die meisten Jüngeren kannten Ian Curtis nicht, waren aber aufgeregt, weil sie vielleicht eine Leiche zu Gesicht bekommen würden.

Die Schulbusse brachten uns zum Haus der Curtis'. Mein Vater hatte die Suche organisiert. Er war bereits da, als ich aus dem Bus stieg. Ich wollte mich nicht an der Suche beteiligen, wusste aber, dass mir als Sohn des Sheriffs nichts anderes übrig blieb.

»Wir suchen nach Ian Curtis.« Mein Vater hielt die Fotokopie eines Bilds von Ian in die Höhe, während er am Straßenrand zu den Schülern sprach. »Geht zu Deputy Quinlan, und der wird euch dann sagen, was ihr zu tun habt.« Er hatte seine Hand auf meiner Schulter, als er das sagte.

Wir trotteten über das vertrocknete Wüstengestrüpp und hielten den Blick auf den Boden gerichtet. Ich ging neben Deputy Quinlan. Bei jedem unserer Schritte flog ein Schwarm Heuschrecken auf, obwohl dort, wo sie sich vor kurzem noch befunden haben mussten, nichts als Sand gewesen zu sein schien. Es war ein Anblick, bei dem einem schlecht werden konnte – Hunderte von Schülern, die sich über die Wüste aufgefächert hatten, die auf den Boden starrten und nach einer Leiche suchten, und der Himmel war voller Heuschrecken.

Mein Vater hatte seine Kumpel bei der Nevada Highway Patrol um Hilfe gebeten. Viele von ihnen hingen in einer Bar namens Scoundrels an der nördlichen Stadtgrenze von Las Vegas herum. Es war ein Treffpunkt für Bullen. Montagabend galt dort als der Abend zum »Weg- und Fremdgehen«. Die Bullen, viele von ihnen verheiratet, trafen sich dort, weil sie vögeln wollten. Manche Stripperinnen aus dem Olympic Gardens kamen ebenfalls dorthin. Mein Vater hatte Kimmy dort kennen gelernt. Ich erinnere mich, dass mir Kimmy einmal erzählt hatte, sie möge Bullen. Sie würden sie anmachen. Obwohl sie jetzt nicht mehr strippte und einen anständigen Job bei der Stadtverwaltung in Carmen hatte, machte es ihr noch immer Spaß, sich zu zeigen, wenn mein Vater es nicht mitbekam. Sie hatte ein Tattoo über ihrer linken Brust, auf dem »Für immer Johnny« stand. Ich war tagelang deprimiert gewesen, als ich es zum ersten Mal sah. Kimmy gehörte zu den Frauen, denen mit unvermeidlicher Regelmäßigkeit das Herz gebrochen wurde. Jeden Tag musste sie, wenn sie aus der Dusche stieg, den Namen irgendeines Typen sehen, dem sie durch das Tattoo versprochen hatte, das Leben mit ihm zu teilen. Und beim Strippen dürfte sie wahrscheinlich ständig gefragt worden sein, wer denn dieser Johnny sei. Eines Tages, als sich mein Vater und Kimmy stritten, hörte ich ihn sagen: »Warum gehst du dann nicht zu dem Typen auf deiner Titte zurück?« Mein Vater hasste Tattoos. Ich denke, wenn man sich schon ein Tattoo machen lässt, dann sollte man sich nicht unbedingt den Namen des Freundes oder der Freundin auf die Haut tätowieren lassen; besser wäre ein Adler oder ein Totenschädel oder ein Tiger, etwas, das man längere Zeit ertragen kann.

Ich sah meinen Vater, der sich am Straßenrand mit Ians Eltern unterhielt. Mrs. Curtis trug nun Jeans und ein T-Shirt und wirkte gefasster. Diesmal sprach vor allem Mr. Curtis. Er nickte unaufhörlich und kratzte sich am Arm. Es schien, als stünde Mrs. Curtis unter Schock, und Mr. Curtis versuchte sich zusammenzureißen.

Mary, bemerkte ich, saß im Streifenwagen meines Vaters. Sie weinte. Am Straßenrand hatte ein Getränkelaster geparkt, und Deputy Carol Ceirley kaufte eine Soda. Sie brachte sie zum Streifenwagen meines Vaters und reichte Mary die Dose. Mary bedankte sich.

Mein Vater war so ruhig, dass ich kaum glauben konnte, dass er in der Nacht die Leiche fortgeschafft hatte. Es schien einfach nicht möglich zu sein. Ich versuchte mir vorzustellen, wie Ian sonst aus dem Kofferraum verschwunden sein könnte. Mrs. Curtis stützte sich nun wieder auf seinen Arm. Er zeigte die Straße entlang und dann nach Osten, wo die Billings wohnten. In diesem Augenblick kamen die Hunde an. Ich vermute, einer der Deputys hatte bei der Polizei in Las Vegas angerufen und nachgefragt, ob sie sich nicht einige Hunde von deren Hundestaffel ausleihen könnten. Ein Officer vom McCarran Airport hatte einige Schäferhunde gebracht, die dort wohl als Drogenspürhunde eingesetzt wurden.

Der Flughafen-Bulle stieg aus seinem Wagen und

ließ die Hunde vom Rücksitz. Mein Vater ging zu ihm hinüber und stellte sich und die Curtis' vor. Mrs. Curtis reichte dem Bullen ein T-Shirt, das wohl Ian gehört hatte. Der Bulle hielt es den Hunden hin, die daran schnüffelten, dann zog er es weg, dann hielt er es ihnen erneut hin.

Wie aus dem Nichts begannen die Hunde an den Schuhen meines Vaters herumzuschnüffeln und ihn anzuknurren. Sie knurrten und bellten und wollten nicht mehr aufhören. Sie rochen Ian an den Schuhen meines Vaters. Der Bulle musste sie zurückhalten, bevor sie meinen Vater anfielen. Als er die Hunde in den Wagen zurückzerrte, entschuldigte er sich bei meinem Vater; dann stieg er ein und fuhr zum Flughafen zurück.

Deputy Ronald Stokely fuhr vor. Er war fast so groß wie mein Vater und hatte ebenfalls am College Football gespielt, bevor er zur Polizeischule ging. Stokely nannte meinen Vater immer »Captain«, und wenn er mich erblickte, rief er immer: »Captain Junior, was gibt's Neues?« Außerdem besaß er den besten Teint, den ich jemals bei einem Mann gesehen hatte – er sagte mir einmal, das liege an dem vielen Sex, den er mit seiner Frau habe. Er war durch die Arbeit bei der Polizei nicht völlig abgestumpft, wie es bei so vielen anderen der Fall war. Stokely stieg aus, ging zu meinem Vater hinüber und zeigte ihm etwas auf einem Blatt Papier. Dann sah ich, wie er zu Benny Jericho marschierte, der mit hängendem Kopf durch die Wüste stapfte. Nun war mir klar, was auf dem Zettel stand. Eine Liste aller Namen von den Jungs, an die sich Kevin Bottoms erinnern konnte und die bei der Fete vergangene Nacht dabeigewesen waren.

Stokely sprach einige Worte zu Benny, und dann gingen beide zum Polizeiwagen zurück. Mein Vater erwartete sie bereits, öffnete die Tür und ließ Benny auf dem Rücksitz Platz nehmen. Wir alle würden – einer nach dem anderen – befragt werden. Wir würden gefragt werden, wer sonst noch auf der Fete gewesen war und ob wir Ian Curtis dort gesehen hatten. Wir würden danach gefragt werden, woran wir uns erinnern konnten, und dann, was wir glaubten, was mit Ian geschehen sein könnte. Das gehörte zum Prozedere. Wenn jemand vermisst wurde, fragte man die Leute, die ihn zum letzten Mal gesehen hatten, was ihrer Meinung nach geschehen sein könnte.

Benny Jericho beantwortete Stokelys Fragen. Er sagte etwas, und Stokely sah zu meinem Vater auf, der daraufhin seinen Blick über die Wüste schweifen ließ, bis er mich entdeckte. Ich wusste, Benny hatte ihnen von der Prügelei erzählt. Als mein Vater mich sah, senkte ich den Blick und ging weiter.

»Ist das zu fassen?« Es war Reed. »Das war der Junge von letzter Nacht. Den du verprügelt hast.« Ich sah Reed an. Er bemerkte nicht, wie laut er sprach.

»Ich weiß, wer er ist«, murmelte ich.

»Ob er tot ist?«

»Weiß ich nicht«, log ich.

Eine Weile lang gingen wir schweigend nebeneinander her, wir hielten den Kopf gesenkt und suchten den Boden nach Ian ab.

»Ich kapier's einfach nicht.«

»Was?«

»Du bist so nah dran. Du bist so verdammt nah dran, alles zu bekommen, was du wolltest.« Reed wollte verstehen, warum ich die Mannschaft verlassen hatte. Ich wusste nicht, was ich ihm sagen sollte. Ich hatte keine Antwort für ihn.

»Er ist also diesen Weg gegangen«, sagte Reed. »Bist du nicht gleich nach ihm gefahren?«

»Ich weiß nicht.«

»Doch, das bist du.«

Ich starrte zu Boden. Ich spürte, wie Quinlan mich anstarrte. Reeds Stimme war in der Wüste wirklich weit zu hören. Ich zwang mich, zu Reed zu blicken und fixierte irgendeinen Punkt auf seiner Stirn.

»Trotzdem, ich hab niemanden gesehen.«

Quinlan widmete sich wieder dem Wüstenboden, aber Reed starrte mich mit offenem Mund und flackernden Augen an. Und dann wandte er sich ab und zwang sich, auf den Boden zu starren, als könnte er mich nicht mehr anblicken, als hätte er soeben etwas vernommen, von dem er sich wünschte, er hätte es niemals gehört.

Jeder hing seinen eigenen Gedanken nach, und es wurde sehr still; das unablässige Sirren der Heuschrecken verschmolz allmählich mit der Landschaft.

Und dann begann Grace Daly zu kreischen.

Alle sahen geschockt auf. Sie wich vor etwas zurück, das sie am Boden liegen sah, und bewegte dabei die Hände vor dem Körper, als wollte sie Wasser abschütteln. Plötzlich stürzten alle zu ihr, da alle erwarteten, sie würden Ian zu Gesicht bekommen; sie rannten über den

Wüstenboden, als hätte jemand soeben ein Geldbündel vom Himmel herabfallen lassen. Ich sah hinüber und erblickte Mrs. Curtis – sie hatte ihre Hand vor dem Mund und schluchzte, als wüsste sie bereits, dass ihr Sohn tot war. Ich musste an meine Mutter denken. Machte sie sich Sorgen um mich, fragte sie sich, ob ich noch am Leben war? Ich stellte sie mir vor, sah sie vor meinem geistigen Auge, wie sie in der Waschküche die Strumpfhose von der Leine nahm. Ich versuchte ihr Gesicht zu erkennen. Ich wollte sie lächeln sehen, die Liebe in ihren Augen, aber es ging nicht. Alles verschwamm.

»Nur ein toter Hund!«, brüllte Quinlan zu meinem Vater. Mein Vater hob die Hand und nickte. »Okay, alle wieder auf ihre Plätze, machen wir weiter.«

Ich sah, wie Grace vorsichtig um den Hund trat und dann nervös weitermarschierte. Die meisten Jugendlichen machen sich keine Gedanken über den Tod, und wenn sie dann unvermittelt mit ihm, dem sie ja nicht entkommen können, konfrontiert werden – wenn sie plötzlich sehen, wie er ihnen unverwandt in die Augen starrt –, dann beginnen sie zu kreischen.

12

Jeder, der auf der Fete gewesen war, wurde zum Polizeiwagen geholt, ausgefragt und dann entlassen und nach Hause geschickt, damit sie sich nicht mit denen, die noch nicht befragt worden waren, absprechen konnten. Das Letzte, was die Polizei wollte, waren erfundene Geschichten.

Gelegentlich erhaschte ich ihre Blicke. Sie alle erzählten Stokely und meinem Vater, was ich in der vergangenen Nacht getan hatte. Es gab für sie keinen Grund, meinetwegen zu lügen. Sie erzählten meinem Vater, wie ich Ian verprügelt hatte – wie ich ihn gedemütigt hatte.

Der Polizeiwagen zuckelte auf der Straße neben uns her, während wir den gesamten Weg bis zu Fred Billings Haus abschritten. Mittags gab es Hot Dogs und kalte Soda. Reed und ich gingen schweigend nebeneinander her. Gewöhnlich redete Reed sehr viel, an diesem Tag aber hatte er nichts zu sagen. Es schien, als würde er versuchen, mit mir Schritt zu halten und es nicht schaffen. Ich fühlte mich schuldig und verantwortlich, als wäre es eben nicht möglich, mit mir Schritt zu halten.

Und dann kam Stokely uns holen.

»Reed.«

Er sah nicht auf. Er folgte Stokely zum Polizeiwagen und hatte den Blick auf den Boden geheftet, als suche er noch immer nach Ian.

Er stieg hinten mit meinem Vater ein. Ich sah meinen Vater und Stokely, die sich mit Reed unterhielten und ihm Fragen stellten. Reed nickte, dann begann er zu reden. Ich versuchte herauszufinden, was er ihnen erzählte, aber er war zu weit entfernt. Ich fragte mich, ob er ihnen sagte, dass er mich vergangene Nacht auf der Straße gesehen hatte.

»Keine Sorge, du hast auch noch deinen Auftritt vor Gericht.« Es war Quinlan.

»Wie bitte?«

»Na ja, du siehst doch ständig hinüber. Mach dir keine Sorgen, du kommst auch noch dran.«

Ich wandte mich wieder dem Wüstenboden zu und ging weiter. Ich hatte schreckliche Angst, Reed könnte ihnen von unserer Begegnung auf der Straße erzählen und ihnen damit klar machen, dass ich irgendwo angehalten hatte. Ich wusste, wenn er es ihnen erzählte, war es vorbei mit mir.

Reeds Eltern hielten hinter dem Wagen meines Vaters an. Mein Vater stieg mit Reed aus und ging auf sie zu, schüttelte Mr. Banks die Hand und plauderte mit ihm, als wären sie die besten Freunde. Ich spürte, wie ich zu zittern begann. Plötzlich glaubte ich, ich müsste zu Reeds Eltern laufen. Zu Terry und Dot. So hießen sie. Sie gehörten zu den Paaren, von denen man sich nicht vorstellen konnte, dass sie jemals nicht zusammen gewesen waren – die zusammen hundert Jahre alt wurden und dann kurz nacheinander starben. Sogar ihre Namen passten zusammen: Terry und Dot.

Reeds Mutter war die schönste Frau, die ich jemals kennen gelernt hatte. Das hatte viel damit zu tun, wie sie meinen Namen aussprach. Niiii-ell. Es ließ mich immer erröten. Sie zog den Namen zu zwei langen Silben auseinander, als würde es sie erregen, ihn auszusprechen. Wenn Reed und ich das Haus betraten und er verkündete, »Neil ist hier«, dann begrüßte sie mich mit ihrem breiten, wunderbaren Lächeln, »hallo, Niiii-ell«, und mir schoss das Blut ins Gesicht. Oft ist es so, dass man in den Häusern anderer Kinder von den Eltern betrachtet wird, als erwarteten sie halb, dass man sie beklaut. Sie machen einen so nervös, dass man sich irgendwann wirklich umsieht und darüber nachdenkt, was man denn nun mitnehmen könnte. Reeds Mutter weckte nie diese Gefühle in mir.

Sie wohnten am Constellation Boulevard, einer endlosen Straße trister, billiger Häuser mit verbranntem Rasen und ohne jede Vegetation. Ich war nie in Bakersfield, aber ich konnte mir nicht vorstellen, warum jemand freiwillig an den Constellation Boulevard zog.

Reed und ich gingen dann hinaus und warfen den Ball. Abends sagte mir Mrs. Banks, ich solle meinen Vater anrufen und fragen, ob ich zum Essen bleiben könne. Ich hasste es, ihn danach zu fragen; ich hatte immer Angst, er könnte es ablehnen.

»Die Banks' haben mich zum Abendessen eingeladen, und Mr. Banks sagt, er fährt mich nach Hause.«

»Was sagst du, wenn du zum Essen eingeladen wirst?«

»Danke.«

»Genau.« Und damit hing er auf.

Ich erinnere mich daran, als mein Vater Mr. Banks zum ersten Mal traf. Mein Vater kam aus dem Haus, als Mr. Banks vorfuhr, und sein Blick fiel sofort auf die selbst gemachten Tätowierungen, die beide Arme von Mr. Banks bedeckten – er stutzte kurz, bevor er sein gewohntes, verblüfftes Grinsen aufsetzte.

»Hallo, ich bin Terry. Schön, Sie kennen zu lernen.«

»Chester.« Sie gaben sich die Hand. »Danke, dass Sie meinen Jungen zum Essen eingeladen haben.«

»Kein Problem.« Mr. Banks legte mir die Hand auf den Kopf und strich durch mein Haar. Mein Vater stutzte erneut, ein Schauder durchfuhr ihn, als müsste er nach Luft schnappen. Es ging mir durch und durch, es machte mir Angst. Ich verstand nicht, warum es mir Angst machte, wenn mein Vater sah, dass Mr. Banks mir über den Kopf strich.

Ich war der Letzte, der befragt wurde. Stokely kam auf mich zu.

»Hallo.«

Ich nickte.

»Wir müssen mit dir reden.«

Ich ging mit Stokely zum Wagen. Mein Vater saß auf dem Rücksitz und starrte auf das Blatt Papier in seiner Hand. Er sah nicht zu, wie ich näher kam. Er blickte erst auf, als ich mich neben ihn setzte. Stokely nahm vorn Platz und ließ meinen Vater die Fragen stellen.

»Du warst letzten Abend auf der Party?«

»Ja.«

»Hast du da diesen Jungen gesehen?« Mein Vater zeigte mir das fotokopierte Bild von Ian.

»Ja.«

»Was hast du mit ihm gemacht?« Ich erstarrte. Ich wusste nicht, was ich sagen sollte. Ich wollte ihm dieselbe Frage stellen. »Was hast du mit ihm auf der Party gemacht?«

»Ich hab ihn verprügelt.«

»Wie bitte?«

»Verprügelt.«

Mein Vater saß nur da und sagte lange nichts. »Hast du gesehen, als er gegangen ist?«

»Ja.«

»Und du hast ihm eine Bierflasche hinterhergeworfen?«

Ich nickte. Ich fragte mich, wer ihm das erzählt hatte.

»Und du bist kurz nach ihm gefahren?«

»Mh-hmm. Ja.«

»Bist du ihm auf der Straße begegnet?« Mein Vater starrte in seinen Notizblock, als er mir diese Frage stellte. Stokely sah mich an und wartete auf die Antwort.

»Bist du irgendjemandem auf der Straße begegnet?« Stokely hatte die Stirn gerunzelt. Fragte er mich nach Ian? Oder fragte er nach Reed? Wollte er herausfinden, ob unsere Geschichten übereinstimmten?

»Nein.« Ich flüsterte es nur.

»Bist du dir sicher?«

»Ja, Sir.«

Mein Vater seufzte laut. »Was, glaubst du, ist mit ihm geschehen?« Mein Mund war trocken. Ich konnte nicht reden. Ich schüttelte nur den Kopf.

»Irgendeine Vorstellung?« Ich schüttelte wieder den Kopf. »Okay, steig aus.«

Und das war es dann. Es war vorbei. War es möglich, dass Reed seinen Mund gehalten hatte? Was hatte sein Blick zu bedeuten, als wir den Wüstenboden abgesucht hatten? Wusste er alles? Mir war klar, dass ich ihn nicht würde fragen können.

Ich fühlte mich, als würde ich mich selbst aus der Ferne wahrnehmen, als ich zum Laster mit den Erfrischungsgetränken ging. Niemand wusste etwas, niemand konnte mir irgendwas nachweisen. Ich hatte Ian verprügelt. Das war kein Verbrechen. Das taten wir ständig. Mary hob den Kopf und winkte mir zaghaft vom Polizeiwagen aus zu, als ich an ihr vorüberging, um mir eine Soda zu holen.

Wir suchten bis zum Einbruch der Dunkelheit. Mein Vater stand am Straßenrand und blies in eine Trillerpfeife. Wir versammelten uns langsam an der Straße und standen schweigend herum. Niemandem war nach Reden zumute. Ich habe gehört, wenn Bernhardiner mit einem Suchtrupp losgeschickt werden und die Opfer nicht finden können oder die Opfer tot sind, werden sie sehr niedergeschlagen. Es herrschte eine schwermütige, angespannte Stimmung. Mr. Curtis umarmte seine Frau und seine Tochter. Einige Mädchen weinten und umarmten sich, die meisten aber starrten nur zu Boden, als ob sie noch immer nach Ian suchen würden.

In der Ferne hörte ich ein Summen wie von Hochspannungsdrähten, das stetig lauter wurde. Südlich von Carmen, auf dem Weg nach Las Vegas, lag ein Stützpunkt der U. S. Air Force. Einmal im Monat führten sie Nachtflüge durch, bei denen sie sich ausschließlich auf ihre Instrumente verließen. Die Maschinen flogen dann in der Dunkelheit genau über uns hinweg, und das Dröhnen der Triebwerke war so ohrenbetäubend laut, dass man sich unweigerlich duckte, weil man das Gefühl hatte, sie würden einem den Kopf abrasieren.

Ein schimmernder Ford hielt auf dem Schotter des Seitenstreifens an. Ein Mann in einer grauen Windjacke stieg aus und kam auf uns zu. Als Mrs. Curtis ihn erblickte, löste sie sich von ihrem Ehemann, warf sich ihm in die Arme und sprach mit ihm; die Flugzeuge aber waren so laut, dass ich nicht verstand, was sie sagten. Die Flugzeuge donnerten direkt über uns hinweg, und alle duckten sich und hielten sich mit den Händen die Ohren zu, mein Vater jedoch starrte unablässig den

Mann in der grauen Windjacke an. Die Beule an seiner Stirn schwoll rot an. Und ich wusste, dass das FBI eingetroffen war.

13

Er hieß Clive Burden und war Mrs. Curtis' Bruder. Er war von durchschnittlicher Größe, trug einen Bürstenhaarschnitt, und sein Gesicht wirkte leicht angespannt, ansonsten aber ausdruckslos. Sie hatte ihn an diesem Morgen in Philadelphia angerufen, er hatte den Mittagsflug nach Las Vegas genommen, sich einen Wagen gemietet und war nach Carmen gefahren, um seiner Schwester nahe zu sein und zu sehen, ob er in irgendeiner Weise behilflich sein konnte.

Mr. Curtis gab Burden die Hand und stellte ihn dann meinem Vater vor. Mein Vater verzog keine Miene, schüttelte ihm die Hand und sagte: »Freut mich, Sie kennen zu lernen.« Burden wirkte äußerst ruhig. Sogar als Mrs. Curtis kurz vor dem Zusammenbruch zu stehen schien, stellte er Mr. Curtis und meinem Vater Fragen zu den Ermittlungen. Er stand breitbeinig da, hörte mit vorgestrecktem Kinn zu und hatte diesen durchdringenden Blick, der in eine unbestimmte Ferne zu gehen schien. Ich trat näher heran. Mein Vater versuchte so ruhig und gelassen zu sein wie Burden, aber seine Beule über dem rechten Auge schimmerte dunkelrot.

Mittlerweile waren die Busse angekommen, und die noch verbliebenen Schüler stiegen allmählich ein. Mein Vater winkte mich heran und stellte mich Burden vor.

Wir gaben uns die Hand. Er lächelte und sagte, er freue sich, mich kennen zu lernen.

»Könntest du Mr. Burdens Wagen nehmen und Mrs. Curtis und Mary nach Hause fahren?«

Mrs. Curtis und Mary saßen zusammen auf dem Vordersitz. Mrs. Curtis hielt die Hand ihrer Tochter. Keine der beiden weinte mehr. Mrs. Curtis versuchte ein Gespräch in Gang zu bringen.

»Mary sagt, du spielst in der Football-Mannschaft.«

»Mom!«

Ich wusste nicht, was ich sagen sollte. Eine Weile lang schwiegen wir.

»Bist du in der Abschlussklasse?«

»Ja, Ma'am.«

»Was hast du vor …«

Sie wollte mich nach meinen Plänen nach der High School fragen, brach dann aber ab. Mitten im Satz änderte sie ihre Meinung. Ich denke, sie wollte nichts von den Plänen anderer hören. Ich bog in ihre Auffahrt und hielt den Wagen an.

»Danke. Willst du noch mit reinkommen?«

»Nein, ich geh von hier aus gleich nach Hause.«

»In Ordnung. Danke.« Mrs. Curtis drängte nicht darauf. Wahrscheinlich war es ihr völlig egal, was ich tat, sie hatte nur versucht, höflich zu sein. »Mary, ich bin drin.« Sie stieg aus dem Wagen und ging ins Haus.

»O Gott, ich fass es einfach nicht. Du wirst sehen, es stellt sich heraus, dass er nach Las Vegas ist oder so was. Ian macht ständig solche Sachen. Er sagt meinen Eltern nie, was er vorhat. Letzte Nacht, als Mom sagte, dass er um neun zu Hause sein müsse, hätte ich fast losgelacht. Er hat so was schon mal gebracht, als wir noch in Mississippi gewohnt haben. Meine Mutter hat damals auch die Polizei eingeschaltet. Aber er hat sich nur mit einem Jungen getroffen, dessen Eltern in der Tanzband in einem der Casinos spielten. Er hat sich in der Nacht mit diesem Jungen rumgetrieben und dann in ihrem Hotelzimmer geschlafen. Die Eltern arbeiteten bis vier Uhr morgens, die bekamen erst am nächsten Mittag mit, dass Ian bei ihnen war.«

Ich konnte es kaum ertragen, sie so über Ian reden zu hören. Jedes Mal wenn sie seinen Namen erwähnte, spürte ich das Pochen in meinem Kopf. Sie sprach von ihm, als wäre er noch am Leben. Ich wollte ihr sagen, dass er tot sei. Ich wollte ihr sagen, dass sie sich niemals mehr Sorgen machen müssten, er könnte wieder davongelaufen sein.

»Ich würde nur gern wissen, wo er ist.«

»Er wird schon wieder auftauchen.« Ich wusste nicht, was ich sonst erwidern sollte. Sie schien so voller Angst zu sein, dass ich sie aufmuntern wollte. Ich wollte ihr Hoffnung machen. Es war eine schreckliche Sache. Und dann fing sie an zu weinen. Ich legte ihr die Hand auf den Rücken und streichelte sie, bis sie sich etwas gefangen hatte und nur noch schluchzte.

»Meine Mutter wollte nicht hierher ziehen. Mein Vater hat sie dazu gezwungen. Sie wollte, dass wir in Mississippi blieben. Wir hätten dort Wurzeln geschlagen, meint sie.«

»Schon okay«, sagte ich. Und dann legte sie die Arme um mich und drückte mich ganz fest. Sie umarmte mich wirklich fest. Ich sagte es noch einmal. »Wird schon wieder werden.« Sie weinte nicht mehr. Ich spürte, wie sie sich entspannte. Ich spürte ihre Brüste an meinem Körper. Wir saßen auf den Vordersitzen und streichelten uns den Rücken. Und dann spürte ich ihre Hände, die über meinen Nacken strichen, und sie begann mit den Fingern durch mein Haar zu fahren, und ihre Fingernägel vergruben sich an meinem Hinterkopf.

»Du bist lieb«, sagte sie. Ich wusste, dass es falsch war, aber ich ließ es einfach geschehen. Sie küsste meinen Hals – sanfte, weiche Küsse auf meinem Hals. Und dann fing sie an, meine Wange zu küssen, ganz vorsichtig, sodass sie kaum die Haut berührte. Und dann küssten wir uns auf den Mund. Ich fasste unter ihr T-Shirt und legte die Hand auf ihre Brust. Ich spürte ihre aufgerichtete Brustwarze. Ich strich über ihre Brust, und dann drückte ich ihre Brustwarze, und sie begann zu stöhnen. Und dann strich sie mit den Händen über meinen ganzen Körper, über die Beine, sie schob ihre Hand unter mein T-Shirt und berührte meine Brust. Wir küssten uns, während ich ihr das T-Shirt über den Kopf zog und ihren BH aufhakte. Ich zerrte ihn weg, umschloss ihre Brustwarze mit dem Mund und umspielte sie mit der Zunge. Sie griff nach unten und öffnete meine Jeans, presste ihre Hand in meine Hose und fasste mich an. Ich ließ meine Hand an ihr nach unten gleiten – sie war ganz feucht. Sie legte sich auf den Rücken und zog sich die Unterhose aus, half mir aus der Jeans, und ich schob mich auf sie.

Sie gab keinen Laut von sich, als ich in sie eindrang.

Sie lag nur da und atmete langsam aus und grub ihre Fingernägel in meine Schultern. Ich bewegte mich langsam vor und zurück, rein und raus. Und dann begann ich schneller zu werden.

»Langsamer.« Sie streichelte sanft meinen Kopf. »Ja, ja, ja.«

Ich wusste, es war falsch. Ich wusste, es war ein Fehler, aber irgendwie war es mir egal. So wie sie mich berührte und ihre Hände über mich gleiten ließ … ich verlor die Kontrolle.

Ihre Finger strichen über meinen Rücken, auf und ab, als plötzlich das Licht zweier Scheinwerfer in den Wagen fiel. Ich wälzte mich zur Seite und zog meine Jeans hoch, während ich versuchte, nicht gesehen zu werden. Es war mein Vater in seinem Dienstwagen mit Mr. Curtis und Burden. Mary zog sich an.

»Scheiße, Scheiße, Scheiße …«, sagte sie.

Mein Vater musste sich mit ihnen unterhalten, denn die Scheinwerferlichter blieben auf uns gerichtet und wir sahen niemanden zum Haus gehen. Dann schritt Mr. Curtis mit Burden an unserem Wagen vorbei. Als er mich erblickte, klopfte er gegen die Scheibe. Ich kurbelte sie nach unten.

»Danke«, sagte Mr. Curtis. Im ersten Moment wusste ich nicht, wofür er sich bedankte.

»Oh, kein Problem, Sir.«

»Könntest du bitte den Kofferraum öffnen?«

»Wie bitte?« Mein Herz schien auszusetzen.

»Mr. Burdens Gepäck ist noch drin.«

»Oh, natürlich.«

Ich ließ den Kofferraum aufklappen.

»Willst du mit uns zu Abend essen?«

»Oh, nein, Sir, danke, aber ich ...«

»Ich könnte dich danach nach Hause fahren.«

Ich wusste nicht, was ich antworten sollte. Er lächelte, als wäre er ewig dankbar für die Hilfe, die mein Vater und ich ihm hatten zuteil werden lassen. Ich wollte nicht verdächtig erscheinen; also lächelte ich zurück, bedankte mich und ging dann zu meinem Vater, um ihn zu fragen.

»Mr. Curtis will wissen, ob ich zum Abendessen bleiben kann.«

Mein Vater hustete, aber es klang eher wie ein amüsiertes Schnauben. »Was sagst du, wenn du zum Essen eingeladen wirst?«

»Danke.«

Mein Vater stieß mit dem Wagen zurück und fuhr davon.

Die Curtis' hatten eines dieser L-förmigen Wohnzimmer, das gleich an das Esszimmer angrenzte. Im Wohnzimmer stapelten sich Kartons. Mr. Curtis erklärte, er hätte soeben neue Vorräte angeschafft. In den Schachteln lagen Kerzen und Plastikblumen, in einer Ecke befanden sich Christusfiguren aus Plastik, die sich fast bis zur Decke türmten. Sie waren so geschaffen, dass sie sich leicht stapeln ließen – gleich daneben stand ein Stoß brauner Plastikkreuze. Die Christusfiguren besaßen im Rücken zwei Löcher, durch die man sie an den Kreuzen befestigen konnte.

Die Möbel waren nagelneu. Sie erinnerten mich an die Einrichtung in Hotels – sie sahen bequem aus, aber wenn man sich setzte, dauerte es nicht lange, bis man hin und her rutschte, um eine entspannte Haltung zu finden.

Der Duft von gebratenem Hühnchen und Kartoffeln war zu riechen, und plötzlich war ich sehr hungrig. Wir gingen alle in die Küche. Mrs. Curtis war über die Spüle gebeugt und hackte fieberhaft Gemüse. Es war ihr anzusehen, dass sie geweint hatte.

»Mary, warum gibst du Neil und Onkel Clive nicht was zu trinken?«, sagte sie.

»Für mich nur Wasser, danke«, sagte ich.

»Ich habe Neil gebeten, zum Abendessen zu bleiben«, meinte Mr. Curtis zu seiner Frau.

Mrs. Curtis sah mich an, als freute es sie, dass ich meine Meinung geändert hatte. Mary gab mir ein Glas Wasser und reichte Burden Traubensaft. Er ging zu Mrs. Curtis und flüsterte ihr kaum hörbar ins Ohr.

»Mandy, ich brauch ein paar Gefrierbeutel.«

»Okay.«

»Ich möchte einige persönliche Dinge von Ian untersuchen lassen.«

»In Ordnung.«

Mrs. Curtis gab Burden eine Rolle kleiner Gefrierbeutel. Mr. Curtis ging mit Burden die Treppe hinauf, um ihm die Sachen zu zeigen, die Ian gehört hatten. Ich stand mit Mrs. Curtis und Mary in der Küche. Plötzlich hörten wir Burden brüllen: »Nein! Nicht anfassen.«

Burden kam mit einigen von Ians persönlichen, in Plastiktüten verpackten Gegenständen ins Zimmer und verstaute sie in seiner Aktentasche. Hinter ihm erschien Mr. Curtis, schuldbeladen, als wäre er derjenige gewesen, der Ian überfahren hatte.

Ich ging mit Mary ins Wohnzimmer. Kurz vor der Couch fuhr sie mir von hinten mit der Hand durch das Haar. Wir setzten uns, und sie begann mich anzustarren, als könnte sie es nicht fassen, dass ich mit ihr im Haus war. Ich hörte die Erwachsenen in der Küche. Burden fragte sie, ob Ian irgendwelche Feinde gehabt, ob er viel Zeit im Internet verbracht hätte, und dann hörte ich Mrs. Curtis flüstern: »Schhh … ich will nicht, dass Mary mit dieser Sache belastet wird.« Mary sah mich nur an und rollte mit den Augen; von da an konnten wir nicht mehr verstehen, was sie sprachen – nur noch dieses leise Murmeln war zu hören, von dem man Kopfschmerzen bekam, wenn man angestrengt lauschte.

Nach einiger Zeit setzte sich Burden mir und Mary gegenüber auf die Couch. Wir saßen nur da, ohne miteinander zu reden. Schließlich fragte ich: »Wie war Ihr Flug?« Er sah mich an und nickte. Er war blass, als wäre er noch nie in die Sonne gekommen. Seine Haut war durchscheinend, sie war bläulich und papierdünn und schien straff über die Knochen gespannt; es wirkte beinahe so, als könnte man in seinen Körper sehen.

Er saß nur da und nippte an seinem Traubensaft. Ich denke, er gehörte nicht zu den Menschen, die viel redeten. Schließlich fragte Mary: »Onkel Clive, was macht die Arbeit in Philadelphia?«

Er sah zu Mary und lächelte. »Läuft gut. Wie steht's mit dir – arbeitest du hart für die Schule?«

»Nein, nicht richtig.«

Er verlor etwas von seiner Härte, wenn er mit Mary

sprach, und man konnte erkennen, dass er wahrscheinlich ein ganz netter Kerl war.

Wir nahmen zum Essen Platz. Am Tisch standen nur vier Stühle, weshalb Burden einen Stuhl aus dem Wohnzimmer bekam. Vor mir auf dem Tisch lag ein Game-Boy. Als ich ihn sah, wurde mir bewusst, dass ich auf Ians Stuhl saß.

Wir fassten uns an den Händen, während Mr. Curtis ein Gebet sprach. Er bat Gott, seiner Familie Mut und Stärke zu verleihen, damit sie seinen Willen akzeptieren konnte, gleichgültig, wie er aussehen mochte. Dann begann Mrs. Curtis zu weinen. Im ersten Moment dachte ich, sie lache; ihr Gesicht war angespannt, und sie presste ihre Fingerknöchel gegen die Oberlippe, bis die Knöchel weiß wurden. Plötzlich fühlte ich mich schuldig. Mir wurde bewusst, dass sie meinetwegen die Tränen zurückhielt. Sie wollte vor einem Gast nicht weinen. Sie stand vom Tisch auf und ging in die Küche. Ich denke, wir warteten alle darauf, dass sich Mr. Curtis ebenfalls erheben würde und seiner Frau folgte, um sie zu trösten. Aber er tat es nicht. Deshalb stand Burden auf. Ich konnte sogar genau sagen, wann Burden seine Schwester umarmte; das war, als sie in dieses laute, nach Luft ringende Schluchzen ausbrach.

Mr. Curtis legte Messer und Gabel weg, saß nur noch da und starrte auf seine Hände. Ich tat das Gleiche.

»Du musst nicht zu essen aufhören.« Mary sagte mir, ich müsse nicht zu essen aufhören, aber ich hatte keinen Hunger mehr. Sie wollte, dass ich mich wohlfühlte, aber je mehr sie vorgab, dass alles in Ordnung war, umso mehr wollte ich schreiend aus dem Haus laufen. Und so saßen wir da, ich, Mary und ihr Vater, und starrten auf unsere Hände, während Mrs. Curtis in der Küche stand und in den Armen ihres Bruders schluchzte.

14

Mr. Curtis bot an, mich nach Hause zu fahren, ich sagte ihm aber, ich ginge lieber zu Fuß. Mary begleitete mich nach draußen. Am Rand der Einfahrt wollte sie mich küssen, aber ich riss mich los. »Wir sehen uns dann morgen«, sagte ich. Sie sah sehr traurig aus. »Alles in Ordnung?«

»Nein.«

Ich wollte weg. Am liebsten wäre ich sofort den Weg zur Straße hinuntergelaufen. Am liebsten wäre ich immer weiter gelaufen, am Haus meines Vaters vorbei, mitten durch Carmen hindurch und immer weiter. Bis nach Alaska – bis mir die Luft in den Lungen und das Gesicht gefror. Bis ich erwachte. Bis ich aus alldem erwachte.

Ich ging auf dem Asphalt durch die Dunkelheit. Als ein Wagen vorbeifuhr, trat ich in den Graben. Wegen der Schlangen mied ich nachts den Straßengraben. Es gab viele davon, vor allem nachts. Im Alter von elf Jahren war ich von einer kleinen Klapperschlange gebissen worden. Sie sind so schnell, dass man sie nicht kommen sieht, und bevor man weiß, was geschieht, ist es bereits vorbei. Und dann sind sie verschwunden, und man wälzt sich auf dem Boden und brüllt um sein Leben.

Ich ging durch die Dunkelheit und lauschte auf die Flugzeuge über mir. Nathan, der ältere Bruder von Pinguin, war bei der Air Force gewesen. Er hatte vor einigen Jahren an einem Krieg teilgenommen, um irgendein Land vor einem anderen zu beschützen, an deren Namen ich mich nicht mehr erinnern konnte. Zwei Wochen nach seiner Rückkehr gerieten er und ein Kerl in einer Bar in Vegas aneinander, und als sie draußen den Streit austragen wollten, fielen die Kumpel des anderen über ihn her; nun fristet er sein Leben in einem Rollstuhl. Nathan brachte sich im Urlaub mehr in Gefahr als bei seinen Kriegseinsätzen im Flugzeug, wenn er Bomben auf Industrieparks ablud.

Ich dachte an meinen Vater und wie er aus seinem Wagen stieg und Mr. Banks die Hand schüttelte. Es machte mich wütend. Und ich dachte an jenen Abend, als sie sich kennen gelernt hatten – jenen Abend, an dem Mr. Banks mir durchs Haar gestrichen hatte. Mein Vater hatte damals soeben mit dieser Carol Schluss gemacht, die als Cocktail-Bedienung im Caesar's Palace arbeitete. Seit einiger Zeit blickte er mich finster an, wenn ich von Reed nach Hause kam. Seitdem Reed da war, spielte ich mit meinem Vater nicht mehr Football, und er war nun ganz allein. Wir waren ins Haus gegangen, und er hatte sich einen Pitcher Green Russians gemixt und sich voll laufen lassen. Ich hatte mich nach oben in mein Zimmer verzogen. Ich hatte ihn einmal gefragt, ob ich an der Tür ein Schloss anbringen könnte, aber er hatte es abgelehnt. Ich hörte ihn unten von Zimmer zu Zimmer schreiten, als wollte er sich alles noch einmal durch den Kopf gehen lassen; wahrscheinlich überlegte er, wie er die Sache mit Carol hätte anders machen können.

Nach einer Weile hörte ich ihn die Treppe zu meinem Zimmer hochkommen. Er war wütend. Er tat so, als wäre er ganz ruhig, als hätte er es auf eine Art Vater-Sohn-Plauderei abgesehen, aber mir war sofort klar, dass er nur einen Grund suchte, um explodieren zu können. Er sagte mir, er könnte die Banks nicht leiden. »Der hat doch keine Selbstachtung, wenn er seinen Körper so entstellt … mit solchen Tätowierungen.« Er sagte mir, Mr. Banks sei kein richtiger Vater, und er wolle nicht, dass ich bei *solchen Leuten* rumhing. »Wie der Vater, so der Sohn«, sagte mein Vater; das jagte mir mehr Angst ein als alles andere. Er erzählte mir, Mr. Banks sei im Gefängnis gesessen und vorbestraft. Das stimmte. Reed hatte mir gesagt, dass sein Vater wegen eines bewaffneten Raubüberfalls fünf Jahre und acht Monate in einem kalifornischen Gefängnis zugebracht hatte und dass sie deswegen Bakersfield verlassen hatten – um einen Neuanfang zu versuchen.

Am darauffolgenden Tag hatte ich vor, Reed aus dem Weg zu gehen. Aber das fällt schwer, wenn man in der fünften Klasse ist und nebeneinander sitzt. Ich wusste, ich sollte meinem Vater nicht trauen, dennoch sah ich Reed danach mit anderen Augen. Ich fragte mich, ob auch er ein Verbrecher werden würde. Ich wollte ihn hassen, konnte aber nicht; irgendwie war es mir ziemlich gleichgültig, ob er ein Verbrecher werden würde. Er war mein bester Freund. Als er mir erzählte, sein Vater sei für fast sechs Jahre weggegangen und dann wieder nach Hause zurückgekehrt, raste mein Herz.

Reed gab mir Hoffnung, dass Eltern zurückkommen konnten.

An jenem Abend war ich zu Reed gegangen, und wir hatten uns hinter seinem Haus den Ball zugeworfen. Als mich Mr. Banks nach Hause fuhr, bat ich ihn, an dem klapprigen Laden anzuhalten, der etwa einen Kilometer vom Haus meines Vaters entfernt an der Straße stand. Ich sagte ihm, ich müsse noch einige Dinge für meinen Vater besorgen und würde den restlichen Weg zu Fuß gehen. Nach einigen Wochen hatte mein Vater eine neue Freundin und bemerkte nicht mehr, dass ich die ganze Zeit über weg war. Allerdings achtete ich darauf, dass Mr. Banks niemals zu unserem Haus kam. Ich hatte Angst davor, er könnte wieder auf meinen Vater treffen, Angst vor dem, was mein Vater sagen könnte.

Hin und wieder wollte Reed hinter dem Haus lediglich spielen, er wollte, dass wir uns gegenseitig verfolgten und mit dem Wasserschlauch nass spritzten. Aber es jagte mir Angst ein. Es war verantwortungslos. Ich wollte nicht, dass aus Reed ein Verbrecher wurde.

Also begannen wir zu trainieren.

Wir liefen festgelegte Laufrouten. Von der Schule brachte ich eine Stoppuhr mit und maß die Zeit, die er für die fünfzig Yards brauchte. Ich trieb ihn an, seine Schnelligkeit zu verbessern, und schrie, wenn er den Ball fallen ließ. Er sah mich dann verwirrt an, als verstünde er nicht, was vor sich ging, aber ich konnte es ihm nicht erklären. Ich konnte ihm nicht erklären, dass ich versuchte, ihn vor einer kriminellen Laufbahn zu schützen.

Das Licht brannte, als ich mich dem Haus meines Vaters näherte. Ich sah weder meinen Vater noch Kimmy, wusste aber, dass sie zu Hause waren. Ich ging langsamer und lauschte dem knirschenden Schotter unter meinen Füßen, lauschte den Grillen, sog die kühle, trockene Luft ein und atmete ganz langsam aus.

Ich legte die Hand auf den Türknauf und drehte ihn um. Und das Erste, was ich hörte, war Gelächter.

15

Sie lachten beide.

»Aufhören, aufhören!«

Mein Vater jagte Kimmy durch das Wohnzimmer. Ich stand in der Seitentür und hörte ihnen zu. Ich fragte mich, ob er Ian jemals erwähnen würde. Ich fragte mich, ob er einfach sein ganzes Leben lang so tun würde, als wüsste er von nichts. Ich wusste nicht, was ich davon halten sollte. Am Abend zuvor war er betrunken gewesen. Bedauerte er, was er getan hatte, jetzt, nachdem er wieder nüchtern war? Ich fragte mich, ob er sich überhaupt daran erinnerte. Ich ging zum Wohnzimmereingang und sah ihnen zu. Kimmy lag auf dem Rücken, und er saß auf ihr und kitzelte sie.

»Aufhören!« Sie lachte, wie sie am Anfang ihrer Beziehung gelacht hatte. Und er lachte ebenfalls – so eine Art tiefes Glucksen. Auf dem Beistelltisch standen einige Gläser, in denen das Eis schon fast geschmolzen war. Mein Vater sah mich an und lächelte. Ich starrte zurück, bis sein Lächeln verschwand.

»Wir haben dir noch was vom Fleisch aufgehoben«, sagte er. Ich nahm an, dass er von meinem Abgang aus dem Football-Team noch nichts gehört hatte.

»Ich hab schon bei den Curtis' gegessen.« Ich starrte ihm unverwandt in die Augen, weil ich sehen wollte, ob sich irgendwo in ihnen ein Schimmer abzeichnete.

»Nette Leute«, sagte er, während er zu Kimmy sah und ihr über den Nacken strich. Kimmy beobachtete uns; sie spürte die Spannung, die in der Luft lag.

»Im Kühlschrank ist noch Nachtisch«, sagte sie, als würde ein Nachtisch helfen.

»Ich hab Hausaufgaben zu machen.«

Ich ging nach oben, setzte meinen Kopfhörer auf und schob Nirvana rein. Ich hörte den Song *Tourette's* von *In Utero*. Ich verstand nichts von dem, was Kurt Cobain aus sich herausschrie, nur:

Cold Heart! Cold Heart! Cold Heart!

Ich starrte auf das Foto meiner Mutter. Sie hieß Peg. Ich betrachtete den Brief, den sie mir zu meinem fünften Geburtstag geschrieben hatte.

Lieber Neil,
alles Gute zu deinem Geburtstag! Ich möchte, dass du weißt, dass ich dich sehr liebe, und dein Daddy tut das auch. Es tut mir leid, dass wir uns nicht sehen, aber sei ein guter Junge. Und du sollst wissen, dass dich dein Daddy sehr, sehr liebt.

Alles Liebe, Mami

Der Brief war in einer seltsamen Handschrift verfasst. Jedes t und das y am Ende von »Daddy« besaß einen geschnörkelten Längsstrich, der aussah, als würde er zu fliehen versuchen, als wolle er sich fast von der Seite davonmachen. Ich weiß nicht, was mich dazu veranlasste, an die Männer zu denken, die vor Neil Diamonds Konzerten am Eingang zum Hollywood Theater herumlungerten. Sie alle besaßen diesen Blick, als hätten sie alle Briefe wie diesen erhalten. Ich konnte ihnen die Briefe vom Gesicht ablesen. Sie waren vertraut mit solch endgültigen Abschieden – wenn die Frauen die Tür hinter sich schlossen und man ihren tiefen Seufzer der Erleichterung noch hören konnte. Es machte mich fast wahnsinnig, diesen Blick zu erkennen. Ich hasste diese Männer. Sie machten mir Angst. Sie waren verlassen, verloren, als versuchten sie, den Kopf über Wasser zu halten, während sie langsam untergingen; als würde jemand sie an den Füßen hinabziehen; als würden sie ein letztes Mal nach Luft schnappen, bevor sie von der Welt verschluckt und in kleine anonyme Löcher ausgespien wurden. Neil Diamond gab ihnen in diesen kurzen eineinhalb Stunden das Gefühl, dass sie wichtig waren, vielleicht auch nur, dass sie existierten – dass sie da waren und wahrgenommen wurden. Seine Songs waren persönliche Schlachtrufe, die er, mit Satin und Schmalz umwickelt, aus seinem tiefsten Inneren hervorstieß. Sie wussten, sie konnten niemals Elvis sein. Aber ganz sicher konnten sie versuchen, Neil Diamond zu sein, ein schlaksiger Jude aus Brooklyn – der größte Schnulzensänger der Welt.

Mein Vater brüllte vor Lachen, als könnte er sich

nicht mehr zügeln, als wollte er sich von etwas überzeugen, an das er vor langer Zeit geglaubt hatte. Er brüllte und sie kreischte, und beide bemühten sich redlich, so zu tun, als hätten sie keine Angst voreinander.

Als ich auf meinem Bett saß, verstand ich sein Lachen. Er war erleichtert. Er hatte mich jetzt unter Kontrolle. Er hatte die Leiche verscharrt, und jetzt teilten wir ein Geheimnis. Wir waren durch Ian Curtis miteinander verbunden, und ich würde nie wieder von ihm loskommen. Ich konnte ihn unten hören, wie er vor Erleichterung brüllte.

Während ich das Foto meiner Mutter anstarrte, hatte ich das Gefühl, dass sie zurückstarrte. Sie war enttäuscht. Sie drehte sich um und ging weg – aus dem Bild hinaus, bis ich nur noch einen dreijährigen kleinen Jungen sah, der seine Arme in die Luft streckte, und es war keiner mehr da, der ihn hochheben würde.

Sie war fort, aber ich wollte es nicht wahrhaben. Ich musste mir einreden, dass es eines Tages an der Tür klingelte, und ich würde öffnen, und sie würde mich anlächeln. Sie würde ihre Arme um mich schlingen, und wir würden beide zu lachen beginnen, und der ganze Schmerz wäre verschwunden. In einem einzigen Augenblick wäre er weg. Ich würde in ihren Wagen steigen, und wir würden fortfahren. Dorthin, wo ich den Pass über vierundfünfzig Yards geworfen hatte. Ich würde ihr die Stelle zeigen, wo ich Lenore zum ersten Mal geküsst hatte. Ich würde ihr alle Orte zeigen, an denen ich gewesen war und mir meine Unschuld bewahrt hatte. Und dann würde ich ihr zeigen, wo ich Ian Curtis getötet hatte. Und sie würde mich in den

Arm nehmen und sagen, mir wäre verziehen und alles würde wieder gut werden. Und dann würden wir aus Carmen wegfahren. Tagelang würden wir fahren, bis ich mich nicht mehr allein fühlte. Wir würden einfach weiterfahren, bis wir uns am Horizont in Luft auflösten.

DIENSTAG

16

Mein Vater klopfte auf das Lenkrad und summte zur Melodie von »I Think It's Going To Rain Today« aus Neil Diamonds MCA-Album *Stones* von 1971. Er fuhr mich zum Football-Training. Ich hatte ihm noch nicht erzählt, dass ich aus dem Team ausgestiegen war. Ich wusste nicht wie.

Mein Vater bremste ab. Burdens Wagen war am Straßenrand geparkt. Als wir heranfuhren, erkannte ich die Bremsspuren und tiefen Furchen im Schotter, die ich hier zwei Nächte zuvor hinterlassen hatte. Burden schritt in langsamen Kreisen über den Wüstenboden. Er trug ein ausgewaschenes Golf-Shirt, eine khakifarbene Hose und einen dämlich aussehenden Abenteurerhut, den er sich ganz offensichtlich von Mr. Curtis geliehen hatte, damit die Sonne ihn nicht blendete.

»Bleib hier.« Mein Vater stieg aus und ging auf ihn zu. Ich kurbelte das Fenster nach unten. Als sich mein Vater Burden näherte, blickte dieser auf. Er wirkte verärgert – als fiele es ihm schwer, sich zu beherrschen.

»Guten Morgen«, sagte mein Vater.

Burden breitete die Arme aus, als wollte er die ganze Wüste in sich aufnehmen. »Das hier ist ein Tatort«, sagte er. »Die Schüler hatten hier nichts verloren.«

Mein Vater wurde zornig. Ich musste sein Gesicht nicht sehen, um zu wissen, dass die Beule an seiner

Stirn rot anschwoll. Burden zeigte auf etwas am Boden. In seiner Hand hielt er eine kleine Kelle und einen Tupperware-Behälter. Er nahm den Deckel ab – drinnen lag ein Stein.

»Das ist Blut.« Er hatte Ians Blut gefunden. »Und schauen Sie sich das an.« Er deutete auf die Bremsspuren und die Furchen im Schotter. »Sie haben hier alles zertrampelt. Wer weiß, wie viele Beweisstücke durch Sie verloren gegangen sind.«

Mein Vater stand nur da und hatte ihm nichts entgegenzusetzen. Er hatte es absichtlich getan. Er hatte es darauf abgesehen, mögliche Indizien zu zerstören. Er hatte die Schüler der Carmen High School als unwissende Komplizen missbraucht.

Burden zeigte auf Fußspuren, die diagonal zu den Spuren der bei der Suche beteiligten Schüler liefen – Fußspuren, die von der Straße kamen.

»Sie stammen vielleicht von der Person, die das hier … was immer es gewesen sein mochte … getötet hat.«

»Das Blut stammt höchstwahrscheinlich von einem Tier.«

Burden wurde sehr still. Er starrte auf etwas in der Ferne, dann wandte er sich meinem Vater zu und sagte: »Wer tötet denn schon ein Tier und steigt dann aus dem Wagen, um es mitzunehmen? Es gibt keine Spuren von einem Tier. Nur das Blut. Und es ist nichts weggeschleift worden.«

»Gut, dann sollten wir es untersuchen lassen.« Mein Vater fasste nach dem Tupperware-Behälter, den Burden in der Hand hielt. Burden wich zurück.

»Ich hab jemanden in Vegas, der das übernimmt«, sagte Burden.

»Ich denke, Sie sollten den Behälter lieber mir geben.« Sie starrten sich eine volle Minute lang an. »Ich rate Ihnen dringend, mir den Behälter zu übergeben, Mr. Burden, oder ich werde Sie wegen Widerstands gegen einen Ermittlungsbeamten anzeigen.« Burden starrte neugierig meinen Vater an. Er war fast einen Kopf kleiner, aber er wich dem Blick meines Vaters nicht aus. Schließlich gab er meinem Vater den Tupperware-Behälter. Mein Vater ging zum Wagen zurück. Burden folgte ihm.

»Diese Stelle sollte abgeriegelt werden.«

Mein Vater fuhr herum und baute sich vor Burden auf – sie standen direkt vor unserem Wagen. »Ich denke, es wäre eine sehr gute Idee, wenn Sie sich aus meinen Angelegenheiten heraushalten würden.«

Burdens Blick fiel auf die Frontpartie des Autos.

»Ihr Blinker ist zersplittert.«

Mein Vater sah zum linken Blinker, der durch Ians Aufprall zerbrochen war. Er starrte ihn an, dann riss er sich davon los, stieg ein und legte mir den Tupperware-Behälter auf den Schoß.

»Halt das.«

Ich spürte Burdens Blick, als wir auf die Straße einscherten und zur Schule fuhren.

Mein Vater bog in den Parkplatz ein. Einige Väter standen vor dem Eingang und unterhielten sich. Dann drehten sich ihre Köpfe in unsere Richtung, als mein Vater und ich ausstiegen.

»Hallo, meine Herren.« Mein Vater gab einigen die Hand. Die Männer blinzelten mich an.

Jericho ergriff schließlich das Wort. »Das ist aber eine Überraschung!«

»Wieso?«, fragte mein Vater.

»Ich dachte, du wolltest nicht mehr spielen.«

Der Kopf meines Vaters schnellte in meine Richtung. In diesem Augenblick trat Ulster aus dem Schulgebäude und kam auf uns zu.

»Wie geht's, Chester?« Ulster und mein Vater kamen wunderbar miteinander aus.

»Na ja, weiß nicht recht. Ich hab's soeben erst erfahren.«

Alle Blicke waren jetzt auf mich gerichtet. Ich hatte nichts zu sagen.

»Was für eine Schande – mit Verlaub, Chester, aber ich glaube, Neil war gestern Morgen etwas durch den Wind, wahrscheinlich hatten wir ein Kommunikationsproblem.« Mein Vater musterte mich, als könnte er das alles nicht fassen – er hatte seinen bestürzten und besorgten Blick aufgesetzt. »Wenn Neil weiterhin spielen will, werde ich das Kriegsbeil begraben und die ganze Sache vergessen. Wir haben am Samstag ein wichtiges Spiel und sollten langsam anfangen, wie ein richtiges Team aufzutreten.«

Es war nicht so, dass ich Football nicht mochte. Ich liebte das Spiel. Ein perfekter Pass in die Endzone war ein Traum, mit dem ich abends einschlief. Das gab mir das Gefühl, zu existieren. Vielleicht war es genau das. Ich wollte nicht mehr existieren. Ich wollte nichts mehr spüren, das mich an meine Sünden erinnerte. Football erinnerte mich daran, dass ich Ian Curtis getötet hatte. Ich wollte einfach so sein wie die anderen Schüler. Ich wollte unschuldig sein.

Ich konnte die Männer nicht ansehen. Sie gaben mir eine zweite Chance, und ich stieß sie vor den Kopf. Ich erpresste sie mit meiner Entscheidung, und sie hassten mich deswegen. Vor allem mein Vater. Wenn uns etwas miteinander verband, dann war es Football. Ich weiß nicht warum, aber ich musste an das Geld denken, das er meinetwegen für das Rindfleisch ausgegeben hatte. Football war das, was mich ernährte und kleidete. Ich spielte, um am Leben zu bleiben. Solange ich ein gutes Spiel hinlegte, wusste ich, dass ich wieder ein wenig in Sicherheit war, aber ich hatte keine andere Wahl. Ich konnte nicht anders. Und deswegen sagte ich nein.

Mein Vater stieg in seinen Wagen, ich drehte mich um, und er starrte mich an. Etwas in seinem Blick klarte sich auf, und für eine kurze Sekunde war dieser unbestimmte Blick in die Ferne verschwunden, und alles, was ich sah, war Angst. Zunächst glaubte ich, ich würde es mir nur einbilden, aber es ließ sich nicht leugnen. Er sah ängstlich aus. Als hätte er Angst … wovor? Vor mir? Es ergab keinen Sinn für mich, aber so sah er aus. Als hätte mein Vater Angst vor mir.

Ich ging durch die Eingangshalle. Ich hatte den Kopf gesenkt, als ich den anderen aus der Mannschaft begegnete, die auf dem Weg ins Training waren. Die Schule war leer. Am Ende der Eingangshalle sah ich den Hausmeister, der den Boden wischte. Er war ein alter Mann mit tiefen Falten im Gesicht. Mir wurde bewusst, dass ich ihn noch nie mit jemanden hatte sprechen sehen. Er wischte den Boden oder überstrich die Graffiti, und wir marschierten einfach an ihm vorbei. Ich dachte an die Schäden, die ich angerichtet hatte und die er aufräumen musste – es hatte eine Zeit gegeben, in der ich ständig die Kabinen in den Toiletten mit einem Filz-Marker bekritzelt hatte. Er hatte sich niemals beschwert, er hatte noch nicht einmal etwas gesagt. Er war einfach mit seinem Pinsel gekommen und hatte unsere Sauereien überstrichen. Ich wollte ihm danken und mich für die Mühen entschuldigen, die ich ihm bereitet hatte. Aber je mehr ich mich ihm näherte, umso deutlicher spürte ich, wie unwohl mir war. Vielleicht würde er glauben, ich mache mich über ihn lustig. Plötzlich fühlte ich mich äußerst verlegen wegen der Schmierereien auf der Toilette. Als ich an ihm vorbeiging, blickte er zu mir her; ich sah weg.

Ich ging an den Spinden der neunten Klasse vorbei. Ich erinnerte mich an meinen ersten Tag in der Carmen High School. Ich war damals aufgeregt gewesen, weshalb ich eine Prügelei mit einem anderen Jungen anfing, der mich angerempelt hatte. Ich wollte, dass jeder wusste, wie hart ich war. Keiner sollte glauben, dass er mich verscheißern konnte.

Hinter mir hörte ich Schritte. Ich drehte mich um. Stokely kam auf mich zu; Mrs. Doyle, die Jahrgangsstufenleiterin in der neunten Klasse, und Mr. Curtis begleiteten ihn.

Einen Augenblick lang glaubte ich, sie wüssten es. Mein Vater hatte es ihnen gesagt, und nun waren sie da, um mich zu verhaften. Das war keine Angst, die ich im

Blick meines Vaters gesehen hatte, sondern Zorn. Er hatte die Schnauze voll von seinem Sohn, der nicht tat, was man ihm sagte. Er würde sich um alles kümmern, wenn ich ihm nur einen kleinen Gefallen tat: wenn ich Football spielte. Und nun hatte ich ihn verraten, und alles war vorbei.

Erst jetzt bemerkte ich, dass Stokely einen Bolzenschneider dabeihatte.

»Guten Morgen, Neil«, sagte Mrs. Doyle.

»Hallo.«

Sie blieben vor dem Spind rechts neben meinem alten stehen.

»Das ist er«, sagte sie. Stokely setzte den Bolzenschneider an und trennte das Schloss ab.

Mr. Curtis wirkte erschöpft, hielt aber den Kopf hoch. Fast war es, als redete er sich ein, sich aufrecht halten zu müssen, obwohl er am liebsten die nächsten Tage durchgeschlafen hätte. Er sah mir in die Augen und schüttelte bedächtig und missbilligend den Kopf. Er wusste von der Prügelei. Er sagte nichts, sondern sah aus, als fühlte er sich hintergangen. Er hatte mich zu sich nach Hause eingeladen, mir zu essen gegeben und mich anständig behandelt, um dann zu erfahren, dass ich seinen Sohn verprügelt hatte.

Ich drehte mich weg und verschwand in der Eingangshalle. Sie suchten in Ians Spind nach Indizien, irgendwelchen Anhaltspunkten, die darauf hinweisen könnten, wo er sich aufhielt. Ich wusste, sie würden in seinem Spind nichts finden, das auf sein Verschwinden hindeutete. Ich wusste, dass Stokely auf Anweisung meines Vaters handelte.

Ich setzte mich in die Bibliothek, starrte auf die Uhr und wartete auf den Beginn des Unterrichts. Einige Schüler kamen herein, sie lachten, und die Bibliothekarin sagte ihnen, sie sollten leiser sein. Auf einem Tisch lag ein Buch über Oregon aufgeschlagen. Die Bilder waren wunderschön – Wälder, Küsten und weite, offene Flächen. Ich stellte mir vor, einen Bus nach Oregon zu nehmen und mir einen Job in einem Sägewerk zu suchen. Ich würde meinen Namen ändern und untertauchen. Ich dachte daran, welchen neuen Namen ich mir geben sollte, als Lenore mit Jill Menzies die Bibliothek betrat. Ich tat so, als würde ich mein Buch lesen. Ich machte mich darauf gefasst, von ihr zu hören, welches Arschloch ich sei, weil ich aus der Mannschaft ausgestiegen war, und dass sie nichts mehr mit mir zu tun haben wolle. Oder vielleicht, dass sie nichts mehr mit mir zu tun haben mochte, weil ich Ian Curtis verprügelt hatte.

»Hallo«, sagte sie. Sie trug ein weißes T-Shirt und einen blauen Rock. Jill war nicht mehr da, daher wusste ich, dass Lenore mir was zu sagen hatte. Sie gehörte nicht zu den Mädchen, die jedes Mal ihre Freundinnen wegschickten, wenn sie ihren Freund erblickten.

»Hallo.«

Es folgte eine unangenehme Pause. »Ich hab lange über letzten Sonntagabend nachgedacht«, sagte sie. »Und ich denke, vielleicht sollten wir … du weißt schon.«

Ich starrte auf ein Bild aus Oregon. Ich starrte auf die Bäume und sah mich selbst auf einem von ihnen, hoch oben in der Krone, weit weg von Carmen.

»Sag was«, drängte sie. Sie hielt meine Hand. »Neil, was ist denn?«

»Nichts«, sagte ich.

»Ich dachte … das wolltest du doch, oder?«, fragte sie. Wie sollte ich ihr sagen, dass sich alles verändert hatte, dass es mit ihr nicht mehr ging, dass alles nicht mehr stimmte? »Neil, ich liebe dich.« Sie drückte meine Hand. »Es ist mir egal, ob du Football spielst oder nicht. Ich bin deine Freundin, ich liebe dich und werde dich immer lieben. Ich will, dass du das weißt.« Am liebsten hätte ich angefangen zu heulen, als sie das sagte. Aber ich tat es nicht. Ich starrte nur auf den Baum in diesem Buch. »Sag was«, drängte sie.

»Ich weiß nicht, was ich sagen soll.«

Jill Menzies beobachtete uns, während sie vorgab, ihr Buch zu lesen. Ich saß hier mit Lenore, sagte nichts und hielt ihr die Hand.

»Alles wird wieder in Ordnung kommen«, sagte sie. Und so, wie sie das sagte, glaubte ich ihr fast. Und dann war ich über mich selbst überrascht. Ich hob meinen Kopf und war kurz davor, ihr zu sagen, dass ich sie auch liebte. Aber als ich ihr in die Augen sah, ging es nicht.

»Was wolltest du sagen?«

Ich wollte weg. Ich wollte oben auf einem Baum sein. Warum tat sie das? Kapierte sie es denn nicht? Ich wollte allein gelassen werden. Sie hatte ihre Hand auf meinem Bein. Sie streichelte mich, und ich spürte es nicht. Ich erinnerte mich an ihren Blick, als sie mit Amy in die Küche gegangen war. Ich hatte ihren Schmerz gesehen, ihre Verletztheit, und nun verzieh sie mir – sie bot sich mir an. Ich dachte an Mary. Ich dachte daran, was ich mit ihr am Abend zuvor getan hatte, und meine Augen begannen zu brennen. Lenore wollte mit mir schlafen, und ich wollte einfach nur davonlaufen. Ich hasste sie dafür, dass sie mir verzieh. Ich hasste die Welt dafür, dass sie mir immer und immer wieder vergeben hatte, bis es zu spät war. Ich machte all jene verantwortlich, die über das, was ich getan hatte, gelacht, mich dazu ermutigt oder darüber hinweggesehen hatten. Ihnen allen gab ich die Schuld an Ian Curtis' Tod. Seit Jahren, lange bevor die Curtis' überhaupt in Carmen aufgetaucht waren, war ich mit meinen Morden ungestraft davongekommen.

17

Ich saß im Aufenthaltszimmer. Clyde und Dayton waren wieder da, johlten und machten sich lustig über mich. Mrs. Aemes sagte ihnen, sie sollten den Mund halten, und ich versuchte sie zu ignorieren. Während der morgendlichen Ansprache hatte Ulster ein Gebet für Ian Curtis und seine Familie gesprochen. Einige der Schüler unterhielten sich darüber, wo Ian sich wohl rumtrieb. In der Eingangshalle hatte ich einige Mädchen gesehen, die mit Tränen in den Augen davon gesprochen hatten, wie schrecklich doch alles sei. Aber die Stimmung hatte sich geändert. Wir waren wieder in der Schule. Der Reiz des Neuen war verflogen. Keiner wollte zehn Stunden lang mit starrem, auf den Boden geheftetem Blick durch die Wüste trotten. Keiner kannte Ian wirklich, und jeder konnte sich ausrechnen, dass die Chancen, eine Leiche zu finden und damit zum Helden zu werden, ziemlich gering waren.

Ich hatte Ulsters Gebet bereits gekannt. Im Grunde war es das gleiche, das er vor jedem Spiel sprach. Er redete davon, dass der Herr einen Plan habe und für uns alle nur das Beste wolle. Und manchmal, wenn wir glaubten, es ginge nicht mehr weiter – dann müssten wir nur die Hand nach Jesus ausstrecken und uns von ihm die letzten wenigen Yards vorwärts tragen lassen. Er hatte mit dem Psalm geschlossen, »und ob ich schon wanderte im finstern Tal, fürchte ich kein Unglück«. Am Ende seines Gebets weinten viele Schüler. Am meisten weinte Mrs. Aemes. Sie sagte uns, wie sehr sie uns liebe. Sie sagte uns, es sei nicht möglich, Schüler zu unterrichten und jeden Einzelnen von ihnen nicht zu lieben. Sie war eine der wenigen Lehrer, die so etwas sagen konnte und der man es abnahm.

Sie ließ uns die Tische zu einem großen Kreis zusammenstellen, damit wir der Reihe nach von unseren persönlichen Verlusterfahrungen sprechen konnten. Als Debra Ives von ihrem Bruder, einem Jockey, zu erzählen begann, entschuldigte ich mich und ging auf die Toilette. Ihr Bruder war auf der Galopprennbahn in Belmont gestorben. In der Startbox war sein Pferd in Panik geraten und hatte versucht, auf ein anderes Pferd zu springen. Debras Bruder war abgeworfen worden und hatte sich den Hals gebrochen; er war sofort tot. Debra erzählte der Klasse, dass sie nicht dem Pferd die Schuld gab. Das war der Augenblick, als ich aufstand und ging. Das Pferd, das ihr Bruder geritten hatte, hieß »Buhmann«. Sie sagte es, als handelte es sich um eine Art nebensächlicher Information. Fast erwartete ich, dass Mrs. Aemes auf die wundervolle Ironie hinwies.

Ich ging zur Toilette und setzte mich auf eine Kloschüssel. In meinem Kopf pochte es, das Atmen fiel mir schwer. Ich versuchte mich zu entspannen. So fühlte ich mich auch, wenn das Spiel auf der Kippe stand und die Uhr gegen uns lief und ich nach einem Weg durch die gegnerische Verteidigung suchte. Aber ich befand mich doch in Sicherheit. Mein Vater war der Sheriff und hatte die Leiche beiseite geschafft. Er war gründlich und vorsichtig. Ich musste nichts mehr tun. Ich musste mich nur in den Unterricht setzen und den anderen zuhören, wie sie von ihren Verlusterfahrungen sprachen. Ich musste nur dasitzen und so tun, als sei ich kein Mörder.

Als ich wieder die Klasse betrat, berichtete Tracey Beckwith von ihrem Hund Justin. Justin war an Altersschwäche gestorben. Alle saßen geduldig da, während Tracey von Justin erzählte. Sie hatte ihn als Welpen von der Wohltätigen Gesellschaft in Carmen bekommen, als sie sechs Jahre alt gewesen war. Tracey Beckwith hatte rotes Haar und war über eins achtzig groß. Sie hatte einen schweren Körperbau und war übersät mit Sommersprossen. Die Mitschüler zogen sie deswegen ständig auf und nannten sie die »Große Rote«. Ich war einer von ihnen. Vergangenen Herbst war es so schlimm geworden, dass sie einen Selbstmordversuch unternommen und sich von den Diätpillen ihrer Mutter eine Überdosis eingeworfen hatte. Während sie im Krankenhaus lag, wurde in der Cafeteria ein Treffen einberufen, bei dem alle Schüler und Lehrer anwesend waren. Es wurde deutlich darauf hingewiesen, dass jeder von der Schule fliegen würde, falls er irgendetwas zu ihr sagte, das negativ ausgelegt werden könnte. Seitdem hielten sich die meisten von Tracey fern, bis auf einige, die meinten, sie müssten sich ihr gegenüber als besonders freundlich erweisen. Es war abscheulich. Vor ihrem Selbstmordversuch wollte niemand, dass sie sich in der Cafeteria am Tisch dazusetzte, und nun wurde sie ständig eingeladen, und ständig wurde ihr ein Stuhl angeboten. Ich denke, es gibt nichts Schlimmeres, als jemanden zu behandeln, als sei er etwas Besonderes. Damit will ich nicht entschuldigen, dass sie die Große Rote genannt worden war. Aber was mich wütend machte, war die Heuchelei der meisten Lehrer. Ihnen war Tracey ebenso gleichgültig wie uns, sie brauchten eben einen Sündenbock, und es war sehr viel leichter, alles auf die Schüler zu schieben, als das wahre Problem anzusprechen. Man hätte sich nur Traceys Familie ansehen müssen, und jeder hätte feststellen können, dass sie bereits sehr labil gewesen war, lange bevor irgendjemand auch nur daran dachte, sie die Große Rote zu nennen. Ich erinnere mich, wie ihr Vater sie geküsst hatte, als er sie zu einer Tanzveranstaltung brachte. Ich erinnere mich, dass ich verstohlen zu ihr geblickt hatte, als wir in der Schule über *unsittliche Berührungen* aufgeklärt worden waren – sie sah dabei aus, als stünde sie mitten im Londoner Nebel. Nachdem ich gesehen hatte, wie ihr Vater sie küsste, konnte ich ihr nicht mehr verdenken, dass sie eine ganze Schachtel Diätpillen einwerfen wollte.

Am Ende der Stunde weinte jeder, und ich fühlte mich, als hätte ich persönlich Traceys Hund und Judd Greelys Onkel und Heidi Millers Großmutter und

Debra Ives' Bruder umgebracht. Ich fühlte mich, als wäre ich für alle Tränen verantwortlich. Ich saß mit trockenen Augen da, starrte meine Hände an und hasste sie alle, dass sie ihr Leid zum Besten geben durften. Ich hätte ihnen von wirklichen Verlusten erzählen können. Sie wussten nicht, wie es ist, wenn jemand einfach geht und nicht mehr zurückkommt. Ich hätte ihnen wirklich was von Verlust erzählen können. Ich und die Curtis' auch.

18

»Ich weiß, Ulster ist ein Arsch, aber siehst du nicht, was du da machst?« Reed hatte mich abgefangen, als ich in die Cafeteria wollte, und darauf bestanden, dass wir miteinander redeten. Er saß hinter dem Steuer seines 75er Plymouth Fury und gestikulierte wild mit den Händen. »In zehn Jahren wirst du dich an ihn nicht mehr erinnern, aber wenn du zurückblickst, dann wird dir das als der größte Fehler …« Er redete von Ulster, als müsste er sich selbst davon überzeugen, dass unser Trainer der Grund war, warum ich die Mannschaft verlassen hatte.

Reeds Vater hatte den Wagen restauriert und ihm zu seinem sechzehnten Geburtstag geschenkt. Es war ein mitternachtsblaues Monster mit acht Zylindern, einer 318er Maschine und einem liebevoll wieder hergerichteten Innenraum. Sein Vater hatte ihm gezeigt, wie er den Wagen zu warten, wie er das Öl nachzufüllen hatte und was alles bei einer großen Inspektion zu tun war.

Er war sehr geduldig und achtete darauf, dass Reed jeden einzelnen Schritt verstand. Mein Vater hatte es mit dem Unterrichten weniger. Einmal weckte er mich mitten in der Nacht auf und wollte mir zeigen, wie ich mich zu rasieren hatte. Damals war ich zwölf Jahre alt. Ich bezweifle, dass er sich noch daran erinnert, wie ich ihn stützen musste, während er mir die Rasiercreme ins Gesicht schmierte. Ich sagte ihm, ich wolle schlafen, aber er meinte, er müsse mich auf das Mannsein vorbereiten. Immer sagte er mir, ich könne ihn alles fragen. »Frag mich einfach«, kam es ständig von ihm, als gäbe es etwas, von dem er unbedingt wollte, dass ich es wusste.

»Ich will eben nicht mehr spielen. Ich will nicht mehr.«

Ich konnte Reed nicht in die Augen sehen, deshalb starrte ich auf den Plastik-Schlüsselanhänger der UNLV, der am Rückspiegel hing. Ich hatte ihn Reed vor fünf Jahren geschenkt, nachdem ich ihn in Vegas für 99 Cents nach einem Neil-Diamond-Konzert gekauft hatte. Am Tag, als er von seinem Vater den Wagen bekommen hatte, kam er zu uns gefahren, und da baumelte der Schlüsselanhänger. Ich wusste noch nicht einmal, dass er ihn aufbewahrt hatte. Ich wünschte, er hätte es nicht getan. Im Luftzug der Klimaanlage schwang er wie ein Pendel hin und her; ich spürte, wie ich davon Kopfschmerzen bekam.

»Aber wir haben doch so oft darüber gesprochen. Ich meine, was ist mit …« Ich wusste, was er sagen würde, bevor er es ausgesprochen hatte. »Was ist mit uns, mit dir und mir?«

Es war das erste Mal, dass er es erwähnte. Am liebsten hätte ich so getan, als wüsste ich nicht, wovon er sprach, als bildete er sich alles nur ein. Am liebsten hätte ich ihn angeschrien, *weißt du nicht, was ich getan habe?* Stattdessen wiederholte ich mich. »Ich will nicht mehr spielen.«

»Wegen Ulster?«

Ich war genervt. Ich wollte ihm mit ja antworten, wusste aber, dass er mich nicht in Ruhe lassen würde, wenn Ulster der einzige Grund für mein Ausscheiden aus der Mannschaft wäre.

»Nein.«

»Warum dann?«

Warum? Das war eine Frage, die ich nicht beantworten konnte. Es gab keinen Grund, zumindest keinen, der Reed zufrieden gestellt hätte. Aber ich gab ihm einen, und wahrscheinlich lag dieser näher an der Wahrheit, als mir bewusst war. »Wegen meines Vaters.« Wir hatten uns nie über meinen Vater unterhalten; Reed wusste, wie still ich wurde, wenn er in meiner Nähe war, wie angespannt ich war, wenn ich mit ihm am Telefon sprach. »Er hat mich mein ganzes Leben lang angetrieben, und ich hab die Schnauze voll. Ich bin es leid, immer nur das zu tun, was er will. Ich will einfach nicht mehr. Ich will in Ruhe gelassen werden.« Ich verstand nicht, warum es hohl und leer klang. Alles davon war wahr, aber als ich die Worte aus meinem Mund hörte, klangen sie dumm. Ich wusste nicht, woran es lag, aber ich wusste, dass er mir nicht glauben würde.

»Deswegen also?«

»Was?«

»Deswegen hörst du auf?«

»Was? Warum?«

»Siehst du nicht, was du tust? Du wirfst dein Leben weg, nur weil du wütend auf deinen Vater bist.«

Ich musste daran denken, wie mein Vater den Kofferraum geschlossen hatte und dann ruhig, überlegen, als wäre nichts geschehen, zu den Curtis' zurückgeschlendert war. Und dann war die Leiche weg. Es erschreckte mich. Ich wusste nicht, wozu mein Vater in der Lage war. Ich hatte noch im Ohr, wie er mir sagte, ich solle mich vor *solchen Leuten* in Acht nehmen, und plötzlich wurde mir bewusst, dass sich dies nicht nur auf die Banks bezog. Mit *solchen Leuten* meinte er alle außer sich selbst. Er wollte mich und mein Leben unter seiner Kontrolle haben. Aber warum? Wovor hatte er Angst?

»Es ist… du hast so viele Geheimnisse, und du erzählst mir nichts. Ich meine, ich weiß noch nicht einmal, ob wir überhaupt noch Freunde sind.« Reed starrte auf den Schlüsselanhänger. »Du warst mal mein bester Freund.« Ich wusste nicht, was ich sagen sollte; daher ignorierte ich ihn.

»Aber ich hab's dir doch gesagt.«

»Ich will nur wissen, was hier abläuft. Ich hab das Gefühl, ich hab was falsch gemacht.«

»Du hast nichts falsch gemacht.«

Er zog ein Blatt Papier aus der Tasche und reichte es mir. »Hier.« Ich wollte es auseinanderfalten. »Lies es später.« Ich steckte es in meine Tasche. Reed seufzte. »Ich weiß, dass dir dieser Scout die Jacke gegeben hat.« Ich spürte, wie ich rot wurde. »Ich verstehe nur nicht, wie du das alles wegwerfen kannst. Genau das wolltest du doch immer. Dafür hast du hart gearbeitet. Ich verstehe nicht, warum du es mir nicht erzählt hast.«

»Ich …«

»Neil, ich hab niemandem gesagt, dass ich dich auf der Straße gesehen habe.« Ich wollte schlucken, aber es ging nicht. Mir ging das alles zu schnell. Ich fühlte mich von ihm überrannt. Ich sah aus dem Fenster. Einige Jungs zerrissen ein Schulbuch und warfen die Seiten in die Luft. Ich sah den Blättern nach, die sich über dem Parkplatz verteilten. »Dein Vater und Stokely fragten mich, ob ich Sonntagabend jemanden auf der Straße gesehen habe, und ich sagte ihnen, nein, ich hab niemanden gesehen.« Die Klimaanlage lief auf vollen Touren; Schweiß sammelte sich in meinen Augenbrauen. »Ich hab es niemandem erzählt.« Und dann drehte er sich zu mir und sah mich an. »Niemand weiß es.« Ich starrte ihn an.

»Es ist nicht …« Ich wollte lachen, ich wollte es als etwas völlig Belangloses erscheinen lassen; meine Finger pressten sich jedoch gegen den Türgriff, und plötzlich ging die Tür auf, und ich fiel beinahe aus dem Wagen.

»Alles in Ordnung?«

»Schau, ich hab … ich hab …«

»Ich glaube nicht, dass ich dich da bei irgendwas erwischt habe. Was hast du da getrieben? Ich meine … hast du angehalten, weil du pinkeln musstest oder so was? Ich hab darüber nachgedacht …« Er drehte sich wieder weg. »Was hast du da gemacht?«

Ich wollte es ihm erzählen, einfach die Worte loswerden, und ich hätte gewusst, dass alles in Ordnung wäre.

Ich sah ihn an, und plötzlich ging ich zum Schulgebäude. Ich spürte Reeds Blick und fühlte mich sehr unsicher; ein falscher Schritt nur, fürchtete ich, würde mich verraten. In der Seite, dort wo ich den Schlag von Ernie Gates abbekommen hatte, spürte ich einen stechenden Schmerz. Am Eingang standen einige Schüler, sie rauchten und beobachteten mich, als ich auf sie zuschritt. Ihre Gesichter verschwammen. Ich drückte die Metalltür auf und ging in das Schulgebäude zurück.

19

Ich kämpfte mich durch die aus der Cafeteria drängende Menge. Es geschah, bevor ich überhaupt darüber nachdenken konnte. Mary kam mit einer Miene auf mich zu, die ich an ihr nicht kannte – als müsste sie eine grauenvolle Erfahrung durchmachen und ich wäre der Einzige, der sie verstehen könnte. Sie wirkte so verloren und gequält, dass ich meine Arme ausbreitete, und erst als ich sie bereits umarmt hatte, wurde mir bewusst, dass uns alle in der Cafeteria beobachteten – die Football-Mannschaft, Dayton und Clyde, Fred Billing, Amy und Lenore. Und an den Blicken, die sie mir zuwarfen, war abzulesen, dass Mary bereits vom vergangenen Abend erzählt hatte und die ganze Schule nun Bescheid wusste. Jeder wusste, was wir in dem Mietwagen ihres Onkels getrieben hatten.

»Wie geht's dir?«, fragte ich sie.

»Ich weiß nicht«, sagte sie. Sie unterdrückte ihre Tränen und versuchte stark zu sein. Jeder in der Schule kannte jetzt Mary Curtis, und ihrem Blick entnahm ich, dass ihr das gefiel.

Ich sah, dass die anderen Mädchen Mary beobachteten und sich wünschten, ihre Brüder würden ebenfalls vermisst werden. Sie war das am meisten beneidete Mädchen in der Schule. Das Mitgefühl der Schüler gehörte ihr. Niemand konnte etwas Schlechtes über sie sagen. Sie war jemand, den man unterstützen oder wenigstens bemitleiden musste. Die anderen Mädchen umflatterten sie, reichten ihr Taschentücher, wenn sie den Tränen nahe war, und hielten mit ihr auf den Toiletten vertrauliche Konferenzen ab.

Sie trug einen knallgelben Rock mit dazu passender Jacke. Sie wollte ihren Schmerz würdevoll ausleben. Sie wollte den anderen Mädchen ein Vorbild sein. Ich erinnerte mich an die Dokumentation über die Ermordung von J. F. K., die am Sonntagabend bei ihr zu Hause im Fernsehen gelaufen war, und dann wurde mir bewusst, dass Mary Jackie Kennedy sein wollte. Und hier war sie nun in den Sachen ihrer Mutter und spielte die Rolle der trauernden Schwester.

Ich kam mir vor wie ein Statist – der Kerl, den sie sich auserwählt hatte und an den sie sich wenden konnte, um Unterstützung zu finden. Ich gehörte ihr, und niemand konnte sie eine Schlampe schimpfen oder sagen, sie hätte mich Lenore weggenommen. Sie trauerte, sie konnte für das, was sie tat, nicht verantwortlich gemacht werden. Was sich am Abend zuvor zwischen uns ereignet hatte, war einzig und allein meine Schuld. Ich hatte sie verführt, sie in dem Moment ausgenutzt, in dem sie verletzlich gewesen war.

Ich weiß nicht, wie lange ich so dagestanden und sie im Arm gehalten und überlegt hatte, was ich tun sollte. Es war, als hätte sie sich über Nacht verändert. Am Tag zuvor war sie noch ein kindischer, ungelenker Teenager gewesen, und jetzt präsentierte sie sich als eine charmant-erwachsene High-School-Abgängerin, die sehr versiert war, was die Umgangsformen öffentlicher Trauer anbelangte.

»Nimm doch Platz«, sagte sie, als wäre sie die Gastgeberin einer Totenwache.

An ihrem Tisch saßen Paula Bell, Judy Moffitt und Julie Sorge. Paula und Judy hingen immer zusammen. Paula war im Jahr zuvor kurz mit Reed zusammen gewesen. Eines Nachts hatte Paula ihn dabei ertappt, wie er betrunken mit Beth Henderson rummachte. Für Paula war die Sache damit erledigt. Reed sprach noch immer davon, welch großen Fehler er gemacht hatte. Auf Feten ließ er sich meistens voll laufen und fing dann an zu jammern.

»Hallo«, sagte ich zu den Mädchen.

»Hallo, Neil«, sagten alle. Julie Sorge in ihrem glänzenden grünen ärmellosen Oberteil wirkte deplatziert und sah aus, als ginge es ihr nicht besonders gut. Es war nur eine Frage der Zeit, bis sie endgültig kapierte, dass Mary nun andere Freunde hatte.

»Irgendwas Neues?«, fragte ich Mary. Sie schüttelte den Kopf. Sie war sehr zurückhaltend, als wüsste sie nicht, wie sie reagieren sollte. Als spielte sie eine Rolle in einem Theaterstück und wüsste ihren Text nicht ganz.

»Danke für letzten Abend«, sagte sie. Die anderen Mädchen sahen weg, als würden wir Intimitäten austauschen. Ich nickte. Ich wusste nicht, was ich sonst hätte tun sollen.

Ich bemerkte, dass sich Lenore mit Amy unterhielt. Mir war klar, worum es dabei ging. Dann erhoben sich beide und verließen die Cafeteria.

Mir war der Appetit vergangen. Ich wusste nicht, wie ich von Mary wieder wegkommen sollte. Ich fühlte mich schuldig. Wenn ich ging, war ich ein gefühlloser Arsch. Wenn ich blieb, wusste der Rest der Schule, dass die Gerüchte zutrafen. Schließlich sah ich auf meine Uhr und sagte, ich müsse gehen, um einen Agenten anzurufen. Sie nickte, als würde sie es verstehen. Es war ihr egal. Ihre Aufgabe war erledigt. Jeder in der Schule wusste jetzt, dass wir was miteinander hatten, dass ich Lenore hintergangen hatte. Ich hatte es selbst bewiesen. Die Umarmung in der Cafeteria war kein Zufall gewesen. Mary hatte den ganzen Tag nur darauf gewartet.

Ich verließ die Cafeteria. Ich spürte die durchdringenden Blicke der anderen. Ich war der Typ, der rätselhafterweise aus der Football-Mannschaft ausgestiegen war und nun was mit dem Mädchen hatte, deren Bruder vermisst wurde. Ich wollte Lenore suchen, überlegte es mir dann aber anders. Ich hatte keine Lust, noch mehr Lügen zu erzählen. Ich wollte nichts mehr damit zu tun haben. Ich ging in die Bibliothek und tat so, als würde ich im hinteren Gang nach Büchern stöbern. Ich mochte es dort hinten. Es war ruhig und leer. Ich hatte dort hinten mit Lenore einige Male rumgemacht, aber diesmal versteckte ich mich. Ich wollte die anderen nicht sehen.

Ich entdeckte ein Buch mit dem Titel *Die Geschichte*

großer Verbrecher. Ich schlug es auf und las über die berühmten Kriminellen. Al Capone, Jesse James, Babyface Nelson – Lenore bemerkte ich zunächst nicht. Ich weiß nicht, wie lange sie schon neben mir gestanden hatte, während ich das Foto eines alten FBI-Steckbriefs mit den Gesichtern der zehn meistgesuchten Männer in den USA betrachtete. Ich stellte mir vor, dass mein Gesicht auf dem Plakat auftauchen würde. Ich stellte mir vor, wie Burden seine Dienststelle anrufen und sagen würde, sie hätten ihren Mann. Ich stellte mir vor, wie er zu uns nach Hause kommen und meinem Vater erzählen würde, dass sie mich nun verhaften würden, und mein Vater würde nur nicken und ihn hereinlassen.

»Ist es wahr?« Lenore kämpfte mit den Tränen. Sie war kurz davor zu weinen.

»Was soll wahr sein?«

»Du und diese …« Sie wollte Mary schon als Schlampe bezeichnen, dann fiel ihr ein, dass ihr Bruder vermisst wurde.

»Was hast du gehört?«

»Dass du mit ihr geschlafen hast.« Lenore weinte.

»Was?« Ich war ganz ruhig. Ich traute mich nicht, den Entrüsteten zu spielen. Mir fehlte dazu die Energie.

»Das habe ich gehört. Das hat sie Judy Moffitt erzählt.«

»Na ja …« Ich wollte ihr die Wahrheit sagen. Die Wahrheit über Mary, über Ian. »Na ja, das ist Schwachsinn«, sagte ich.

»Was war dann?« Sie wollte nicht glauben, dass ich mit Mary geschlafen hatte. Ich wusste, sie würde alles glauben, egal was ich ihr erzählte.

»Nach der Suche hab ich sie und ihre Mutter nach Hause gefahren. Sie war ziemlich durch den Wind, also hab ich sie umarmt.« Ich beschloss, es dabei bewenden zu lassen. Ich beschloss, Lenore nicht zu erzählen, dass ich Mary geküsst hatte.

»Und das war alles?«

»Das war alles.«

»Du hast sie nicht geküsst?«

»Nein.« Ich sah ihr unverwandt in die Augen, als ich das sagte. Ich empfand nicht das Geringste dabei. Ich verspürte nicht das alte kribbelnde Gefühl der Angst oder der Panik, so wie es früher war, wenn ich sie angelogen hatte. Ich empfand nichts. Ich hatte beinahe das Gefühl, als hätte ich die Wahrheit gesagt.

20

Ich saß in Mr. Russells Klasse und schrieb oben über die Mathe-Prüfung meinen Namen. Als ich aus dem Fenster blickte, sah ich meinen Vater aus dem Streifenwagen steigen. Dass ihn Burden begleitete, bemerkte ich zunächst nicht.

Dann erschien das Gesicht meines Vaters in der Glastür zum Klassenzimmer. Er klopfte an, kam herein, gab Russell die Hand und bat ihn, mich kurz zu entschuldigen.

Schweigend gingen wir ans andere Ende des Gebäudes. Er hielt mir die Tür zum Musiksaal auf. Burden saß auf einem Stuhl mitten im Raum. Er erhob sich, als ich eintrat, und deutete mit der Hand an, dass ich mich neben ihn setzen sollte. Mein Vater blieb an der Wand stehen.

»Du sollst wissen, dass du nicht unter Verdacht stehst oder so etwas. Ich hab nur ein paar Fragen, die ich dir gern stellen möchte.«

»Okay.«

»Ich weiß, du warst an dem Abend bei den Billings. An dem Abend, seit dem Ian vermisst wird«, sagte er.

Ich nickte.

»Kannst du dich erinnern, dass Ian mit einem anderen Jungen auftauchte, mit Kevin Bottoms?«

»Ja.«

»Was ist dann geschehen?«

Mein Vater stand an der Wand und starrte mich an.

»Na ja, ich hatte einige Biere getrunken, und als sie auftauchten, wurden wir ein wenig grob mit ihnen.«

»Wer ist wir?«

»Ich und Pinguin … äh, Craig Nutt.«

Burden nickte. »Hattest du vorher bereits einmal eine Auseinandersetzung mit Ian oder Kevin?«

»Nein. Ich hab mit ihnen vorher noch nicht mal geredet.«

»Kannst du dich daran erinnern, als sie gingen?«

»Ja, sie liefen über die Einfahrt, ich verprügelte ihn, und dann, denke ich, wollten beide wieder weg.« Ich erzählte ihm von der Prügelei. Ich wusste, dass er mich darüber befragte, weil er den Polizeibericht in die Finger bekommen hatte.

»Und wann bist du gegangen?«

»Ich nehme an, etwa zwanzig Minuten später.«

»Hast du einen von den beiden auf dem Highway

überholt?« Als er mich das fragte, sah ich zu meinem Vater. Ich konnte nicht anders. Mein Vater starrte zurück – mir genau in die Augen. Als ob er mich auf die Probe stellen würde. Ich wartete auf ein Zeichen von ihm, auf ein Kopfnicken, mit dem er mir mitteilte, was ich zu tun hatte. Wollte er, dass ich Burden die Wahrheit sagte? Er starrte mich nur finster an. Wartete er darauf, dass ich reagierte? Und in diesem Moment verstand ich, was er da trieb. Es gab keinen Grund für Burden, mich zu befragen. Das waren die Ermittlungen meines Vaters. Er hasste das FBI. Er überließ es Burden, mich auszuquetschen, weil er mich schwitzen sehen wollte. Er gab mir zu verstehen, wer das Sagen hatte.

»Nein, Sir. Ich hab niemanden gesehen.«

Mein Vater löste sich von der Wand.

»Danke, dass du dir Zeit genommen hast«, sagte Burden. Die Befragung war zu Ende. Mein Vater hatte sie beendet. Er hatte sie die ganze Zeit über kontrolliert.

Als wir aufstanden, sagte Burden: »Also, was hat dich dazu bewogen, nicht mehr Football zu spielen?« Ich rang nach Luft. Er hatte mich in einem unbedachten Moment erwischt.

»Ich … ich weiß es nicht«, stotterte ich. Sofort war mir bewusst, dass das die einzige Frage war, die Burden wirklich stellen wollte. Alles andere war nur Show gewesen, um hier reinzukommen. »Ich bin …«

Burden sah mich an und wartete darauf, dass ich den Satz beendete. Schließlich trat mein Vater dazwischen. »Entschuldigen Sie, Mr. Burden, aber mein Sohn befindet sich mitten in einer Mathematik-Prüfung. Wir sollten uns das Geplauder für später aufsparen, wenn etwas mehr Zeit ist.«

Ich ging zum Klassenzimmer zurück. Ich ignorierte die Blicke, setzte mich an meinen Platz und tat so, als würde ich mich auf die Prüfung konzentrieren. Alles, woran ich denken konnte, war Burden. Er wusste es. Diese Frage. »Was hat dich dazu bewogen, nicht mehr Football zu spielen?« Schon seine Wortwahl, »was hat dich bewogen …«.

Ich versuchte mich auf die Prüfung zu konzentrieren, aber es gelang mir nicht. Wenn ich auf die Seite starrte, hüpften die Zahlen hin und her und verschwammen. Die Stunde war fast vorbei. Ich hielt an der Tür nach Reed Ausschau. Er hatte diese Stunde frei und wartete sonst immer an der Tür auf mich, stand da und winkte mir durch die Glasscheibe zu. Aber diesmal war er nicht gekommen. Ich wollte nur wissen, ob ich ihm trauen konnte, ob er seinen Mund halten konnte, dass er mich in jener Nacht auf der Straße gesehen hatte.

Ich saß an meinem Tisch und wartete darauf, dass die Prüfung vorüberging. Ich wusste, ich würde null Punkte bekommen. Ich versuchte eine der Aufgaben zu lösen, radierte dann aber alles wieder aus. Es schien keinen Zweck zu haben. Es war irgendwie sauberer, null Punkte zu bekommen. Selbst wenn ich mich ein wenig anstrengte, hatte ich das Gefühl, als würde ich um das Ergebnis kämpfen. Es war würdevoller, eine leere Seite abzugeben.

Mr. Russell saß an seinem Pult und sah mit großem Interesse die Prüfungsblätter eines Schülers durch. Er lächelte. Wir machten ihm das Leben hier zur Hölle, und trotzdem kam er jeden Tag wieder. Ich erinnerte mich daran, dass ich ihn einmal mit seinen Kindern im Freizeit-Center in Carmen gesehen hatte. Seine Kinder, ein Junge und ein Mädchen, waren Wettkampfschwimmer – schlank, mit breiten Schultern und klaren dunkelbraunen Augen. Ich konnte nicht recht glauben, dass sie zu diesem Mann gehörten. Dieser magere, nach vorn gebeugte Mann hatte diese schönen, jungen Menschen gezeugt, die die Besten ihrer Jahrgangsgruppe waren. Auch seine Frau war dabei gewesen, eine hübsche Frau mit einer tollen Figur. Ich wollte Mr. Russell sagen, wie leid es mir tat, ihm so viel Ärger bereitet zu haben. Ich wollte ihm versichern, dass es nie wieder vorkomme. Aber es war zu spät. Und wahrscheinlich wäre es ihm sowieso egal gewesen. Manchmal fragte ich mich, ob er uns überhaupt wahrnahm.

Der Gong ertönte. Mr. Russell sagte uns, wir sollten mit dem Schreiben aufhören und die Prüfungsbögen abgeben. Ich nahm meinen Stift und schrieb auf das leere Blatt »Tut mir leid«. Dann legte ich es auf sein Pult und ging hinaus.

21

Ich ging durch die Eingangshalle und fragte mich, ob Burden wusste, dass sein Neffe tot war. Er hatte das Blut entdeckt und den zerbrochenen Blinker gesehen. Aber ich wusste, sie würden die Leiche nie finden. Ich bog um die Ecke; vor mir strömten die Schüler wie immer durch die Halle – dazwischen aber, einen Kopf größer, stand mein Vater, der sich mit einigen Mädchen unterhielt. Er konnte es einfach nicht lassen. Er liebte die Gegenwart von Frauen. Und sie liebten ihn. Einmal saßen wir in einem Restaurant, und er fragte die Bedienung: »Was *verlangen* Sie für die Forelle?« *Verlangen!* Als müsste der Preis erst ausgehandelt werden. Und die Bedienung lief nur rot an, so charmant war er. Ich denke, er war sich der Wirkung, die er auf andere hatte, nicht bewusst; er strahlte nur dieses Gefühl der Sicherheit aus, bei dem alle ein wenig schwach wurden.

Aber als ich ihn erblickte, erstarrte ich.

Burden war nicht bei ihm. Ich machte auf dem Absatz kehrt, lief so schnell wie möglich durch den Gang und ging in die Bibliothek. Lenore blickte auf, aber ich ignorierte sie. Sofort verließ ich den Raum, rannte durch den Gang zum Musiksaal. Burden hatte die Polizeiakten eingesehen.

Und jetzt suchte er nach Reed.

Schüler starrten mich an, als ich an der Tür stehen blieb und durch das Fenster spähte. Es war zu spät; Reed saß mit dem Rücken zur Tür auf einem Stuhl, und Burden stand vor ihm. Sie warfen sich einen Football zu, und Reed sagte etwas, aber ich konnte ihn nicht hören. Burden wirkte entspannt, als hätte er alle Zeit der Welt. Er sah zu mir, lächelte, und ich wandte mich ab, als wäre ich ertappt worden.

Ich ging wieder durch den Gang. Mein Gesicht brannte. Jemand rief meinen Namen, aber ich drehte mich nicht um, ich ging einfach weiter, bis ich einen Ausgang fand. Ich musste allein sein. Ich musste so schnell wie möglich aus der Schule verschwinden.

22

Ich wollte die zehn Kilometer zu Fuß nach Hause gehen. Die Schule verließ ich erst, nachdem die Busse fort waren. Ich wollte nicht, dass die anderen mich sahen. Ich wartete um die Ecke der Schule, in einer Nische in der Wand, wohin sich ein paar Schüler zum Rauchen verzogen hatten. Im ersten Moment glaubten sie, ich wollte ihnen Schwierigkeiten machen. Sie waren alle jünger als ich – zwei Jungs und ein Mädchen. Sie waren fett, und ihre kreidebleichen Gesichter waren mit Pickel übersät; wahrscheinlich trieben sie sich in Einkaufspassagen und irgendwelchen Kellerlöchern herum und bekamen die Sonne nie zu Gesicht.

Ich bat sie um eine Zigarette. Sie warfen sich verstohlene Blicke zu, als ich mit dem Feuerzeug kämpfte, das sie mir gegeben hatten. Ich nahm einen tiefen Zug und spürte den Rauch in meine Lunge ziehen, und dann merkte ich, dass ich den ganzen Tag einen Knoten in meinem Brustkorb gehabt hatte, und nun fühlte es sich an, als würde mir jemand ein Messer ins Herz rammen. Ich ließ mich an der Wand nach unten gleiten, bis ich auf dem Beton saß. Ich sah, wo die Kids ihre Schleimklumpen und ihre Spucke auf dem Boden abgeladen hatten. Es war mir egal. Ich saß da und wartete, dass die Schmerzen aufhörten. Ich nahm einen weiteren Zug und begann zu husten. Ich hatte mich am Rauch verschluckt, und jetzt glaubte ich ersticken zu müssen. Sie sagten nichts.

Nachdem der Hustenanfall vorüber war, stand ich auf und nannte ihnen meinen Namen. Das Mädchen stellte sich und die beiden Jungs vor; als ich sie anblickte, wandte sie sich ab. Einer der Jungs zeigte mir, wie man inhaliert. Unbeabsichtigt streifte ich seinen nackten Arm, der sich kalt und klamm anfühlte. Ich sog den Rauch in die Lunge, hielt ihn dort und stieß ihn wieder aus. Ich versuchte Reed zu vergessen. Ich hatte gesehen, wie er sich mit Burden unterhalten hatte, und ich wusste nicht, was er gesagt hatte.

Wir standen da, bis der Gong ertönte. Bevor sie gingen, gaben sie mir noch zwei Zigaretten und ihr Feuerzeug. Ich spielte damit, ließ das Feuer aufflammen und dann den Deckel zuschnappen. Von meinem Standort aus konnte ich die oberen Enden der Torstangen erkennen, und etwa alle halbe Minute flog ein Football zwischen ihnen durch; Robby Stinson, unser Kicker, trainierte gerade.

Schließlich steckte ich mir eine der Zigaretten an. Ich konzentrierte mich auf den Rauch, der in die Lungen ging, und dachte an Krebs. Wie lange würde es dauern, bis ich mich zu Tode geraucht hatte? Ich erinnerte mich daran, als sich Kurt Cobain umgebracht hatte. Die meisten von uns waren geschockt, aber Pinguin erzählte jedem, wie egoistisch Cobain gewesen sei. Dass er eine Frau und ein Kind zurückgelassen habe und welcher Arsch er doch gewesen sei. Mir war klar, was er sagen wollte, aber ich glaube nicht, dass Menschen wirklich sterben wollen. Ich denke, manche fühlen sich so vollkommen hoffnungslos, dass sie wahrscheinlich meinen, die anderen seien ohne sie besser dran. Ich bin mir sicher, das hat Cobain gedacht. Wenn ich daran denke, was Pinguin sagte, werde ich wütend. Ich glaube, manche wollen sich einfach nicht eingestehen, dass sie diese Art der Hoffnungslosigkeit nachvollziehen können.

Ich rauchte die Zigarette zu Ende, und mein Rachen fühlte sich trocken und wund an. Auf der gegenüberliegenden Straßenseite luden Männer Holz von einem Laster. Einen der Typen kannte ich. Er hieß Brian und hatte zwei Jahre vor mir in der Football-Mannschaft gespielt. Er war mit so vielen Holzbalken beladen, wie seine Schultern tragen konnten. Ich fragte mich, ob er damals, als er noch Touchdowns erzielte, bereits gewusst hatte, dass er eines Tages Holz von einem Laster laden würde.

Ich warf die Zigarette gegen die Wand und trat auf die Straße. Ich wollte nicht, dass Brian mich sah, aber es war der einzige Weg nach Hause, wenn ich nicht um das gesamte Schulgebäude herumlaufen wollte. Es spielte sowieso keine Rolle, weil Brian so mit seiner Arbeit beschäftigt war, dass er niemanden wahrnahm. Es schien mir, als wollte er seine beiden älteren Arbeitskollegen damit beeindrucken, wie viele Holzbalken er sich aufladen konnte. Ich blieb etwa sechs Meter vor ihm mitten auf der Straße stehen und zündete die letzte Zigarette an. Jetzt wollte ich, dass er mich sah. Ich wollte, dass er mich mit der Zigarette im Mund sah, wie ich ihn beobachtete. Aber er tat es nicht. Er trug nur die Holzbalken zur Baustelle. Einer der anderen Männer erblickte mich, und ich zeigte ihm den Daumen nach oben. Ich hatte ihm schon den Stinkefinger zeigen wollen, hatte es mir dann aber anders überlegt.

Ich ging den Highway entlang. Während die Autos an mir vorbeirasten, ließ ich die Flamme des Feuerzeugs aufflackern. Ich ließ sie so oft aufflackern, bis es nicht mehr funktionierte und ich es in den Straßengraben warf. Ich wollte zu Reeds Haus und ihn fragen, was er Burden erzählt hatte. Ich wollte ihn fragen, ob ich ihm trauen konnte.

In unserem ersten Jahr an der Carmen High School schaffte ich es in die Mannschaft, Reed nicht. Er wurde Wasserträger und stand jeden Morgen früh auf, um Orangen zu vierteln, und kam zu jedem Training, um mich anzufeuern. Ich erinnerte mich: Wir standen in der Halle, als die Aufstellung ausgehängt wurde, und er schrie: »Jaaa!« Und als ich sah, dass er mich damit meinte, fragte ich mich, ob ich für ihn das Gleiche getan hätte.

Ich musste an diese Dinge denken, und dann fiel mir der Zettel ein, den er mir in seinem Wagen gegeben hatte. Ich zog ihn aus meiner Hosentasche. Es war ein Gedicht, das er geschrieben hatte; es hieß »Champions«.

Champions

Sei der Beste,
Gieb das Letzte –
Dass ist das Ziel.
Doch das Höchste
Ist das Spiel,
In dem der Sieg dem Geist zufiel.

Das war Reed, frei aus dem Bauch heraus und voller Rechtschreibfehler. Fast wären mir die Tränen gekommen, doch ich sah ihn wieder vor mir, wie er sich mit Burden unterhielt – ich rief mir unser Gespräch in seinem Wagen ins Gedächtnis. »Was ist mit uns, mit dir und mir?«, hatte er gesagt. Er heftete seine Träume an mich, und das machte mich wütend. Ich fragte mich, ob er so unschuldig war, wie er vorgab oder ob er nicht doch ein Verbrecher und Betrüger war und mein Vater nicht doch die ganze Zeit Recht gehabt hatte.

Ich knüllte sein Gedicht zusammen und warf es in den Straßengraben.

23

Ich schlurfte über den Schotter des Seitenstreifens und zählte meine Schritte, bis ich plötzlich eine Frauenstimme hörte. Ich blickte auf. Ein Wagen der Las Vegas News parkte am Straßenrand. Ein Mann in einem durchgeschwitzten T-Shirt und abgeschnittenen Shorts filmte mit einer Beta-Cam eine hübsche blonde Reporterin vor dem gelben Absperrband der Polizei. Als ich an ihnen vorbeiging, waren sie gerade fertig – der Mann lehnte am Wagen des Fernsehsenders und plauderte mit der Frau. Ich lächelte ihnen zu, aber sie grüßten nicht; sie sahen nur in meine Richtung und plauderten dann weiter, als sei ich eine Art Gespenst.

Etwa zwei Kilometer vor dem Haus meines Vaters fuhr ein Wagen an den Straßenrand und hielt vor mir an. Es war Kimmy. Ich ging zur Beifahrertür und stieg ein. Sie rauchte. Sie blickte mich nicht an, als ich einstieg, sondern fuhr einfach wieder los.

»Er wird heute später kommen. Sie machen Überstunden, sie suchen nach dem Jungen«, sagte sie. Ich nahm eine Zigarette aus ihrer Packung und zündete sie mit ihren Streichhölzern an. Sie blickte zu mir herüber, sagte aber nichts. Den Rest des Weges schwiegen wir und rauchten bei geöffneten Fenstern.

Wir gingen ins Haus, und ich verzog mich nach oben. Ich ging in meinem Zimmer auf und ab. Ich hasste mein Zimmer. Es befand sich eigentlich auf dem Dachboden. Die Dachschräge reichte fast bis zum Boden, so dass ich ständig mit dem Kopf gegen die Wände lief. Und ich hasste den Blick aus dem Fenster, bei dem ich immer nur diesen einen Kaktus zu sehen bekam. Seitdem ich ein Kind war, sah ich ihn. Er wuchs nie. Er hatte jedes Jahr exakt dieselbe Größe.

Ich setzte den Kopfhörer auf und schob Nirvanas *Insecticide* in den CD-Player; ich lag auf dem Bett und hörte *Been a Son* und versuchte mir das Gesicht meiner Mutter vorzustellen, die Traurigkeit, den verlorenen Blick in ihren Augen. Ich versuchte es mit der einzigen Erinnerung in Übereinstimmung zu bringen, die ich von ihr hatte – dem Augenblick in der Waschküche. Aber es ging nicht. Ihr Gesicht verschwamm.

Kimmy trommelte gegen meine Tür. Ich nahm den Kopfhörer ab.

»Telefon für dich!«

Ich ging ans Telefon in der Küche.

»Hallo, ich bin's«, sagte Lenore.

»Hallo.«

»Was treibst du?«

Kimmy kam in die Küche und öffnete den Kühlschrank. Ich dachte darüber nach, was sie zum Abendessen machen würde.

»Bist du noch da?«

»Ja«, sagte ich.

»Willst du rüberkommen?«

»Mir geht's nicht besonders.« Kimmy blickte mich an. Sie hatte den gleichen resignierten Gesichtsausdruck, den sie auch aufsetzte, wenn mein Vater sie anlog. »Wie geht's dir?«

»Gut.« Wir schwiegen eine Minute. »Wenn du mich nicht sehen willst, dann sag es einfach«, sagte sie.

Kimmy nahm ein paar Lebensmittel aus dem Kühlschrank und legte sie auf die Anrichte.

»Mir geht's einfach nicht besonders.« Ich wollte ihr sagen, dass wir uns am Wochenende treffen könnten, aber mir war nicht danach zumute, Pläne zu schmieden. »Wir sprechen morgen miteinander«, sagte ich schließlich und legte auf.

Ich ging aus der Küche, blieb dann stehen und kehrte um. Überrascht blickte Kimmy auf, während sie sich einen Midori einschenkte.

»Falls jemand für mich anruft – ich bin nicht da.«

»Wohin willst du?«

Ich wollte nirgends hin. »Spazieren.«

Ich ging in das Büro meines Vaters. Es war ein kleiner Raum in einer Ecke des Hauses, den er nur selten benutzte. Ich setzte mich an seinen Schreibtisch und starrte auf das Telefon. Immer wieder ging mir Reed durch den Kopf, der sich im Musiksaal mit Burden unterhalten hatte. Ich wollte es aus meinen Gedanken verbannen. Ich dachte an Lenore, was mich nur deprimierte, und dann dachte ich an Mary und an meinen Vater und an die Mannschaft, aber alles führte immer wieder auf Ian zurück; in meinem Kopf gab es keinen Platz mehr, der mir Ruhe geschenkt hätte. Und so nahm ich den Hörer und wählte Reeds Nummer. Ich ließ es einmal klingeln und legte auf. Ich starrte auf das Telefon und erwartete fast, dass er zurückrief. Ich ließ die Hand auf dem Hörer, als ob es jeden Moment klingeln könnte, und dann würde ich abnehmen und ihn betont beiläufig fragen, wie es ihm ging. Schließlich wählte ich erneut seine Nummer, und noch während es klingelte, wusste ich, dass ich einen Fehler beging.

»Banks.«

»Reed, ich bin's.« Ich wartete auf eine Antwort, aber er schwieg. »Ich hab dich nach der Algebra-Stunde gesucht.«

»Ja. Ich hab nicht gewartet.« Er war in der Küche. Ich hörte im Hintergrund den Fernseher und seine Mutter, die im Ausguss Geschirr abwusch. Sie hatte immer diese grünen Äpfel und Cheddar aufgeschnitten und uns gebracht, wenn wir sonntagnachmittags die Spiele im Fernsehen gesehen hatten.

»Ich hab dich gesucht.«

»Ich weiß, das hast du schon gesagt.«

Ich wünschte, ich hätte ihn nicht angerufen. Ich wollte ihm sagen, er solle mit dem Telefon in das Schlafzimmer seiner Eltern gehen. Ich wollte nicht, dass seine Mutter uns hörte.

»Wie war das Training?«

»Ganz okay.«

»Wer ist Quarterback?«

»Cullen.«

»Das dachte ich mir.«

»Hey, hör zu, ich muss …«

»Nein, ich wollte dir nur sagen …«

Ich bereute es, angerufen zu haben. Ich wollte ihm sagen, dass ich einen Fehler gemacht hatte. Ich hoffte, dass er vielleicht freiwillig einige Informationen herausrückte, aber er tat es nicht.

»Also, wo … wo hast du …«

»Ich war unterwegs.«

»Oh.« Er wollte nicht reden. »Weil ich dich gesucht habe.«

»Ich weiß, das hast du …«

»Scheiße …« Ich versuchte wütend, aber nicht zu wütend zu klingen. Ich wollte ihn wissen lassen, dass ich noch immer sein Freund war. Ich hatte Angst. Ich wollte ihm sagen, dass ich ihn mit Burden gesehen hatte. »Hör zu, du hast mir heute einiges zum Nachdenken gegeben … ich wollte dir danken … und ich wollte dir sagen, dass ich ohne dich nirgends hingehe. Ich meine es ernst. Wir sind ein Team.« Mir war noch nicht einmal mehr klar, was ich sagte. Ich war es nicht gewohnt, dass Reed nichts sprach. Normalerweise war ich derjenige, der schwieg; aber er hatte nichts zu sagen, weshalb ich weiterquasselte. »Dein Gedicht hat mir gut gefallen. Es hat mir geholfen, hier einiges auf die Reihe zu bekommen. Und … ich wollte dir nur dafür danken.«

»Ich leg jetzt lieber auf. Ich hab morgen Training.«

»Hey …«

»Was?«

Ich wollte ihn daran erinnern, dass seine Mutter uns immer Äpfel aufgeschnitten hatte, während wir stundenlang auf seiner Couch gesessen, den Football hin und her geworfen und die Spiele gesehen hatten. Ich wollte mich dafür entschuldigen, dass ich ihn angebrüllt hatte, wenn er den Ball fallen ließ.

»Nichts.«

Klick. Er hatte aufgelegt.

Ich ging in die Küche zurück. Kimmy saß am Tisch und massierte sich mit einer Hand den Fuß, in der anderen hielt sie das Glas Midori.

»Wieso bist du heute Abend nicht beim Football?«

»Ich hab aufgehört.«

»Warum?«

»Keine Lust mehr.« Sie sagte eine Weile lang nichts. Sie hatte, während ich im Büro meines Vaters gewesen war, ihre Strumpfhose ausgezogen, die nun in einem kleinen Knäuel auf dem Boden lag.

»Und, wie geht's in der Arbeit?«

»Beschissen.« Sie stellte das Glas ab. »Was soll das heißen, du hast keine Lust mehr?«

Plötzlich wollte ich Kimmy alles über Ian erzählen.

»Ich will einfach nicht mehr.«

Ich konnte sie nicht ansehen. Ich fühlte mich beschämt. Ich wollte ihr sagen, ihr verständlich machen, dass es ein Unfall gewesen war. Stattdessen murmelte ich etwas von Hausaufgaben und ging in mein Zimmer hinauf.

In der ersten Zeit hatte mein Vater Kimmy manchmal mitgebracht, sie bekocht, und dann hatten sie gemeinsam vor dem Fernseher gesessen und gelacht. Ich hatte sie oben in meinem Zimmer lachen hören. Und dann war es immer sehr still geworden. Manchmal hatte ich an der Treppe gestanden und ihnen dabei zugesehen, wie sie miteinander herumalberten. Einmal hatte ich gesehen, wie er sie im Wohnzimmer gevögelt hatte. Das einzige Licht im Raum kam vom Fernseher, sie sahen »An Evening at the Improv«, und er war über sie gebeugt und bewegte sich ganz langsam auf und ab. Ich beobachtete sie, sie lag auf dem Rücken, und ihre Finger krallten sich in sein Hemd. Er hatte seine Hose um die Knie und noch die Stiefel an. Er sah aus, als mache er Liegestütz, wie er es getan hatte, als ich noch klein war. Sie sagten nichts. Sie gaben keinen Ton von sich. Mir war schlecht, als ich ihnen zusah, ich fühlte mich einsam. Aber ich beobachtete sie weiter. Ich konnte mich nicht losreißen. Als mein Vater fertig war, spannte sich sein ganzer Körper, dann fiel er auf sie. Er küsste sie nicht, er lag nur auf ihr, und sie streichelte sein Haar. Ich war dann nach oben in mein Zimmer gegangen, hatte die Tür geschlossen und mir einen runtergeholt. Ich war nicht einmal erregt gewesen, ich hatte nur dieses einsame Gefühl loswerden wollen.

Ich legte mich aufs Bett und dachte an Kimmy. Ich legte wieder *Been A Son* in den CD-Player und setzte meine Kopfhörer auf. Kimmy hatte lange seidenglatte Beine und einen Arsch wie eine Birne. Ihr Haar war unnatürlich blond, und sie hatte eine Stimme, die auf eine mädchenhafte Weise sexy klang. Sogar in ihren Büroklamotten gehörte sie zu den Frauen, bei denen man nicht besonders überrascht war, wenn man herausfand, dass sie Stripperinnen waren. Ich hatte es mir bereits früher mit ihr vorgestellt, auch wenn ich mich dabei immer irgendwie schmutzig fühlte. Es war nicht so, als wäre sie meine Mutter, aber sie war eben die Freundin meines Vaters. Ich weiß nicht warum, aber es machte mich unheimlich an, wenn ich mir vorstellte, wie es mit ihr wäre. Kurz dachte ich daran, mit Mary zu kommen, aber dann musste ich in meiner Fantasie doch wieder zu Kimmy zurückkehren. Mit Mary fühlte ich mich nur deprimiert.

Ich lag auf meinem Bett und starrte an die Decke, dachte an Kimmy und all die Dinge, die mich von Burden und Reed ablenkten, als es unten an der Tür klingelte.

24

»Neil, Besuch für dich.« Ich zog die Hosen hoch, als mich Kimmy von unten rief.

Ich wusste, es war Burden. Er stand, sonnenverbrannt und müde, an der Eingangstür. Wir saßen bereits in der Küche, als mir klar wurde, dass ich überrumpelt worden war. Burden wusste, dass mein Vater noch Dienst hatte. Er sagte, er habe noch einige Fragen an mich. Ich überlegte, ob ich ihm sagen sollte, dass ich einen Anwalt zu sprechen wünschte, entschied mich dann aber dagegen.

»Wollen Sie etwas zu trinken?« Meine Worte entsetzten mich, weil ich nicht wusste, woher sie stammten.

Kimmy stand auf einem Hocker in der Küche und holte etwas aus dem oberen Fach des Schranks. Burden warf einen verstohlenen Blick auf ihren Hintern. Sie brachte eine Blechdose mit irgendwelchen europäischen Keksen zum Vorschein, die ich zuvor noch nie gesehen hatte, und legte sie auf einen Teller. Sie kam ins Esszimmer und hielt ihm den Teller hin. »Nun, Sie haben Farbe bekommen.«

»Nein, danke.« Er winkte ab.

Kimmy stellte gekränkt den Teller ab und verschwand. Burden saß mir direkt gegenüber – sein Gesicht und seine Arme waren knallrot von der Sonne.

»Menschen machen Fehler«, sagte er. »Sie machen etwas Dummes, etwas, das sie bereuen. Aber dadurch werden sie nicht zu schlechten Menschen.« Ich wollte schlucken, konnte aber nicht. »Das passiert ständig. Und später gestehen sie ihre Fehler ein, und ihnen wird verziehen.«

Es war unglaublich, wie rot er war. Ich saß da und überlegte, wie lange es dauerte, bis man an Hautkrebs starb. Er hatte seine Arme auf den Stuhllehnen, und ich konnte den Pulsschlag an seinen Handgelenken erkennen.

»Verstehst du, was ich gesagt habe?«

Ich nickte.

Ich hörte ein raschelndes Geräusch – es stammte vom Sand, der durch einen Riss in der Plastikplane ins Haus geweht wurde. Plötzlich bemerkte ich, wie viel Sand sich bereits im Zimmer angesammelt hatte; unten an der Wand stand er etwa dreißig Zentimeter hoch. Ich hatte ihn lange nicht bemerkt, ich hatte ihn verdrängt. Aber jetzt, als ich Burden sah, der ebenfalls den Sand anstarrte, spürte ich, wie mein Gesicht heiß wurde. Mein Vater wechselte etwa alle sechs Monate die Plane aus, diesmal aber musste es über ein Jahr her gewesen sein, und überall entstanden Risse entlang der verknitterten Falten. Plötzlich wurde mir bewusst, dass mein Vater mit dem Anbau niemals fertig werden würde; er würde immer nur die Plastikplane austauschen.

Mir wurde bewusst, dass ich noch nie Freunde zu Besuch hier hatte. Nicht einmal Lenore. Niemanden. Sogar Reed blieb immer im Wagen sitzen, wenn er mich abholte – ich wartete immer bereits an der Tür auf ihn. Burden starrte lange verblüfft auf den Sand, als müsste er ihn erst verarbeiten und für sich zu einem Entschluss kommen. Schließlich riss er sich davon los und begann zu reden.

»Manchmal geraten wir in Panik … und manchmal geben die Menschen, die wir lieben, schlechte Ratschläge.« Ich spürte, wie er den Augenkontakt mit mir suchte, aber ich starrte nur auf den Pulsschlag an seinem Handgelenk. »Neil, ich versuche dir ein Freund zu sein. Ich möchte, jetzt und hier, dein Freund sein. Verstehst du, was ich sage?«

»Ja, Sir.«

»Du kannst mich Clive nennen.«

»Okay.«

»Gibt es etwas, das du mir sagen möchtest?«

»Nein.«

Er blickte wieder zum Sand. »Ich bin Ians Pate.« Er wirkte traurig. »Als er ein Jahr alt war, wurde er sehr krank – er litt an Scharlach. Es gab Komplikationen … insgesamt war er mit Unterbrechungen zweieinhalb Jahre im Krankenhaus.« Kimmy spiegelte sich in der Fensterscheibe, und ich sah, wie sie Burden beobachtete; der Rauch ihrer Zigarette kräuselte sich dünn über ihrem Kopf. Burden hatte den Kopf gesenkt und die Hände an die Stirn gelegt; er weinte. »Es gab Zeiten, da wussten sie nicht, ob er überleben würde. Wenn ich daran denke, was seine Mutter durchgemacht hat … es ging nicht darum, dass er sterben könnte … es war das Warten.« Ich legte ihm meine Hand auf die Schulter. Ich konnte nicht anders. Ich wusste, mein Vater hätte es ebenso getan, er berührte immerzu die Menschen. Aber als ich ihn berührte, packte er meine Hand. Er sah auf; er weinte nicht mehr. Seine Augen waren von roten Ringen umgeben, sein Gesicht aber wirkte angespannt und nicht gelöst, wie es meistens der Fall ist, wenn jemand geweint hat. »Ich weiß, er ist tot.« Meine Hand begann zu schmerzen, aber er ließ nicht los. Zum ersten Mal spürte ich, wie stark er war. »Nach vierundzwanzig Stunden suchen wir nicht mehr nach vermissten Personen, sondern nach ihren Leichen. Wusstest du das?«

Ich nickte.

»Ich will nicht, dass sie noch länger warten müssen. Verstehst du mich?«

Ich nickte.

»Dann erzähl mir doch, was geschehen ist.«

Mein Herz pochte so stark, dass ich glaubte, er

müsste es sehen können. Ich überlegte, was Reed ihm gesagt haben könnte. Burden saß nur da, sah mich an und wartete auf eine Antwort. Ich blickte auf die Armlehne; sein Puls raste.

»Ich weiß nicht, wovon Sie sprechen.«

In diesem Moment ging die Tür zur Garage auf, und mein Vater stürmte herein. Als er durch den Gang ging, wackelte das ganze Haus, und wir alle wussten, woran wir waren. Er eilte mit seiner Aktentasche in die Küche, riss den Küchenschrank auf, zog seine Flasche Midori heraus und versuchte sie zu öffnen, indem er sie mit dem Verschluss über den linken Unterarm rollte. Mit der Hand, die noch die Aktentasche hielt, öffnete er einen weiteren Schrank und holte ein Glas. Es glitt ihm aus der Hand und zersplitterte auf der Anrichte.

»Ah, Herrgott …!« Er warf die Tasche in die Ecke und starrte auf die Scherben. »Kimmy!« Er packte ein zweites Glas und schenkte sich ein. »Kimmy!« Ich sah zu Burden. Er beobachtete meinen Vater nicht, er studierte ihn. Erst jetzt sah mein Vater auf und entdeckte uns. Als er Burden erblickte, tat er so, als wäre es das Normalste der Welt, ihn in seinem Haus vorzufinden. Er kam ins Esszimmer und gab ihm die Hand.

»Was machen Sie hier?«

»Ich stelle Ihrem Sohn nur einige Fragen.«

»Aha. Nun, ich rate Ihnen, in Zukunft erst um Erlaubnis zu fragen, bevor Sie so etwas noch einmal tun.«

»Ihr Sohn steht unter Verdacht, Sheriff.«

»Unter Verdacht?« Mein Vater klang überrascht, als wäre es ihm völlig neu, dass ein Junge verschwunden war. »Wessen wird er verdächtigt?«

»Meinen Neffen umgebracht zu haben.« Ich zuckte bei seinen Worten zusammen. Einen Augenblick lang wusste ich nicht, was geschehen würde. Mein Vater starrte Burden finster an, und Burden hielt dem Blick stand.

»Ich rate Ihnen, dass Sie noch heute die Stadt verlassen, oder ich werde Sie morgen verhaften. Das hier ist kein Fall für die Bundesbehörde, und ich habe alles Nötige in die Wege geleitet.« Und dann fügte er hinzu: »Außerdem, wie wollen Sie jemanden des Mordes anklagen, wenn Sie keine Leiche haben?«

»Sie meinen damit *sich selbst*.« Burden zitterte vor Wut. »Wie wollen *Sie* jemanden anklagen? Das meinten Sie doch?«

»Raus.« Mein Vater sagte es sehr nüchtern, als wäre er müde und müsste nun ins Bett. Ich saß am Tisch und sah zu Burden, der sich von meinem Vater abwandte und aus dem Haus ging.

25

Ich hörte ihn unten von einem Raum zum nächsten wandern, während seine Laune immer übler und sein Urteilsvermögen mehr und mehr getrübt wurde. Kimmy saß im Wohnzimmer vor dem Fernseher, und ich war oben in meinem Zimmer und wollte ihm nicht in die Quere kommen. Und dann begann er zu reden. Zunächst leise. Ich glaubte zu hören, wie er nach etwas fragte und wie Kimmy sich weigerte.

»Ich will fernsehen!«

»Und ich will dir was sagen!«

Der Fernseher wurde lauter; sie versuchte ihn zu übertönen. Und dann krachte es fürchterlich. Es folgte eine Stille, die etwas Gewalttätiges besaß. Mein Vater hatte den Fernsehapparat eingetreten.

In jener Nacht verprügelte mein Vater Kimmy. Und ich saß in meinem Zimmer und hörte zu, saß voller Angst da und tat nichts. Ich hörte, wie sie ihn zu beschwichtigen versuchte, aber das reichte ihm nicht. Er wollte etwas, das sie ihm nicht geben konnte – er wollte etwas, das er selbst nicht verstand.

Ich ging in meinem Zimmer auf und ab und hoffte, Kimmy käme ungeschoren davon. Und dann wollte ich auch, dass sie blieb, damit ich ihm nicht allein ausgesetzt war. Ich dachte daran, mir seinen Revolver zu holen und ihm zu sagen, er solle aufhören. Aber ich wusste, ich konnte ihn nicht erschießen, und deshalb setzte ich mich; wie versteinert saß ich auf meinem Bett und hörte zu, wie er Kimmy verdrosch. Ich saß da und hielt das Foto meiner Mutter in der Hand und dachte daran, wie viel Glück sie hatte, dem allen entronnen zu sein. Ich hasste sie nicht. Ich wusste, sie hatte getan, was sie tun musste, und sie hatte mich nicht mitnehmen können. Er wäre ihr gefolgt. Ich starrte auf ihre schöne, mädchenhafte Handschrift – jedes Wort endete mit einem theatralischen Schnörkel. Jedes G und jedes Y flog davon, als hätte sie es in einem Zustand angespannter Freude geschrieben. Und wie sie das T durchstrich, genau in der Mitte, mit einem breiten Querstrich – es war eine seltsame Handschrift. Ich hatte sogar schon mal daran gedacht, sie von einem Spezialisten untersuchen zu lassen, um mehr über ihre Persönlichkeit herauszufinden. Aber ich habe es dann doch nicht gemacht.

Kimmy flehte ihn an, aufzuhören. Sie flehte ihn an, sie in Ruhe zu lassen. Sie kreischte: »Lass mich los! Lass mich los!« Von meinem Vater war nichts zu hören.

Ich legte mich ins Bett und schloss die Augen. Ich lauschte meinem Atem und versuchte ihre Schreie nicht mehr wahrzunehmen. Ich hörte die Resignation in ihrer Stimme. Ich konnte sie nicht verdrängen, also tat ich so, als wäre es der Fernseher. Ich tat so, als würde ich nachmittags sehr schläfrig auf der Wohnzimmercouch der Banks' liegen, und Mrs. Banks würde sich in der Küche eine dieser nachmittäglichen Talkshows ansehen. In der sie sich ihre dunkelsten Geheimnisse erzählten und mit Gegenständen bewarfen und man darüber lacht, weil man weiß, es ist alles nur vorgetäuscht. Ich lag da und tat so, als wären Kimmy und mein Vater im Fernsehen, und ich dämmerte hinweg. Ich schwebte durch das Fenster und über die Wüste, und der Wind flüsterte mir Geheimnisse ins Ohr, die nicht wehtaten, wenn man sie hörte.

Und dann wachte ich auf, und alles war still bis auf die Schritte meines Vaters, der die Treppe hochkam. Ich spähte zum Baseball-Schläger in der Ecke meines Zimmers. Ich packte ihn und setzte mich im Bett auf. Mein Vater stand in der Tür und sah mich an. »Gib mir den Schläger.« Ich reichte ihn ihm, und er legte ihn sacht auf die Kommode. »Du wirst morgen Football spielen.«

Das war alles, was er sagte. Dann war er verschwunden. Er hatte Kimmy als Warnung an mich verprügelt. Wenn ich schlau war, dann würde ich morgen spielen. Kimmy lag zerschlagen, blutend und ganz allein im Bett. Sie zitterte vor Angst und fragte sich wahrscheinlich, warum sie es mit meinem Vater so lange ausgehalten hatte. Kimmy tat mir leid, aber ich wusste auch, dass sie eine Wahl hatte. Sie konnte gehen. Ich konnte niemals gehen. Egal wo ich hinging, ich wusste, dass ich ihn niemals loswerden würde. Es gab keinen Ort, an dem ich meinem Vater entkommen konnte. Kimmy würde leiden, so lange sie blieb. Dieser Abend hatte nichts mit ihr zu tun. Ich hoffte, sie wusste das. Ich hoffte, sie wusste, dass sie für meine Sünden büßte.

MITTWOCH

26

Mein Vater summte *Two-Bit Manchild* aus Neil Diamonds Album *Velvet Gloves and Spit* von 1968. Es war sieben Uhr fünfzehn, und er fuhr mich zum Football-Training. Wir sprachen nicht miteinander. Es gab nichts zu sagen.

Im Umkleideraum war es dunkel, dennoch spürte ich, dass jemand drin war. Fast erwartete ich Ian vorzufinden, wenn ich das Licht einschaltete – als würde mich wie in einem Horrorfilm eine verweste, triefende Leiche erwarten. Ich brauchte eine Sekunde, bis ich den Lichtschalter fand, betätigte ihn und trat unwillkürlich einen Schritt zurück. Er stand mit dem Gesicht zur Wand. Langsam drehte er sich um, als wäre er überrascht oder vielleicht auch nur zu müde, um sich noch weiter Sorgen zu machen. Es war Reed.

»Hallo«, sagte ich.

»Dieser Typ vom FBI hat mir gestern Fragen gestellt.«

Ich sah mich um und vergewisserte mich, dass wir die Einzigen im Raum waren.

»Er wollte wissen, ob ich dich in dieser Nacht auf der Straße gesehen hätte.« Er sagte noch nicht einmal Sonntagnacht. Wir wussten beide, welche Nacht gemeint war. »Er wollte wissen, wann ich dir deine Football-Mütze gegeben habe.«

Ich nickte, wartete, dass er fortfuhr, aber er schwieg. »Und was hast du ihm gesagt?«

»Ich hab ihm gesagt, ich hätte sie dir am Montagmorgen nach dem Training gegeben.« Reed wirkte erschöpft. Er wollte, dass ich etwas sagte, aber ich konnte nicht reden. Er hatte Burden nichts erzählt. Er hatte den Mund gehalten.

»Neil, ich hab ihn angelogen.«

»Schon okay.« Ich wusste nicht, was ich ihm hätte sonst sagen sollen.

»Was soll das heißen?«

»Mach dir keine Sorgen darüber.«

»Aber …«

»Es ist vorbei.«

»Aber Neil, er hat mir gesagt, eine Falschaussage sei ein Vergehen. Man kann dafür ins Gefängnis kommen.«

»Es ist vorbei«, sagte ich schwach.

»Aber ich hab Angst.«

»Es ist okay.« Ich wusste nicht mehr, was ich sagte. Es ergab keinen Sinn mehr, ich versuchte nur noch die Stille mit Worten zu füllen, damit alles wieder in Ordnung war.

»Aber Neil, ich muss doch wissen … Ich meine …« Suchend streifte sein Blick über mein Gesicht. »Du musst mir sagen … ist es okay, wenn ich ihm die Wahrheit sage?«

Ich starrte auf die dunklen Ringe unter seinen Augen. Reed hatte noch nie unter Schlafproblemen gelitten – als wir klein waren, blieb ich manchmal an den Wochenenden über Nacht bei ihm, lag dann neben ihm und lauschte seinem Atem, der wie ein Flüstern ein und aus ging. Ich versuchte so wie er zu atmen und hoffte, ich könnte er werden – ich könnte am nächsten

Morgen aufwachen, und Terry und Dot wären *meine* Eltern und würden für mich kochen und mich lieben und mich im Arm halten, wenn ich Angst hatte. Ich stellte mir allerdings nie vor, dass wir die Plätze tauschten, dass Reed ich wäre; ich wollte von niemanden, dass er ich wäre – und die Geheimnisse mit sich herumtragen müsste, die ich in mir aufbewahrte. Und jetzt wusste ich nicht mehr, was ich sonst tun sollte. Und so sah ich ihm in die Augen und erzählte ihm die Wahrheit.

»Nein.«

Er begann zu weinen. Ich setzte mich neben ihn.

»Es war ein Unfall.«

»Warum hast du es mir nicht erzählt?«

»Ich hatte Angst.«

»Aber du kannst doch immer noch …«

»Nein, kann ich nicht …« Ich wollte ihm von meinem Vater erzählen und dass ich jetzt nicht mehr die Wahrheit sagen konnte, auch wenn ich es wollte; aber ich tat es nicht. »Es ist zu spät«, war alles, was ich sagte. Reed sagte nichts – wir saßen schweigend nebeneinander, bis die ersten Spieler in die Umkleide kamen und wir uns alle umzogen.

Fred Billing erschien in Begleitung von Pinguin. Er setzte sich neben mich und legte mir die Hand auf die Schulter. »Ich bin froh, dass du wieder hier bist.« Ich sagte ihm, es tue mir leid, was ich Sonntagabend gesagt hatte, und ich denke, er und Amy geben ein wunderbares Paar ab.

Ulster machte aus meiner Rückkehr keine große Sache. Vor dem Training erwähnte er, dass wir »dieses Jahr ein wirklich komplettes Team« hätten. Während des Trainings versuchte ich mich zu konzentrieren und Ian aus dem Gedächtnis zu löschen, aber es gelang mir nicht; ich ließ den Ball fallen, meine Pässe kamen nicht an. Alles war nun anders, nachdem Reed Bescheid wusste. Es war kein Geheimnis mehr, doch statt mich erleichtert zu fühlen, war alles nur noch schlimmer.

Nach dem Training folgte ich Reed aus der Umkleide. »He, es wird alles gut werden.«

Er konnte mich nicht ansehen. Er starrte an die Anschlagtafel, an der alle Veranstaltungen des Schuljahrs aufgelistet waren.

»Seine Eltern …«

Das war alles, was er sagte. Er konnte den Satz nicht zu Ende sprechen und ging einfach weg.

27

Ich stand an meinem Spind, als Lenore auftauchte. Sie trug eine enge schwarze Hose und ein glänzendes silbernes T-Shirt ohne BH.

»Du hast gestern Abend nicht mehr zurückgerufen.«

»Tut mir leid.«

»Nein.«

»Wie bitte?«

»Neil, es funktioniert nicht.«

»Was?«

»Ich bin es leid, so zu tun …«

»Was zu tun?«

»So zu tun, als würde ich dich lieben … und darauf hoffen, dass du dich änderst.«

»Aber ich versuche es.« Ich wusste nicht, was ich sagte.

»Ja, ich weiß.« Sie sagte es, als wüsste sie, dass ich mich nicht zu ändern versuchte. »Ich traue dir nicht, Neil.« Und dann begann sie zu weinen. »Ich traue dir nicht.«

Ich spürte, wie ich angestarrt wurde. »Okay.« Ich nahm meine Bücher aus dem Spind. Ich sah ihr nach, während sie durch den Gang wegging. Nach einigen Metern hob sie plötzlich resignierend die Hände, als würde sie sich noch immer mit mir unterhalten und müsste dabei erkennen, dass es zu nichts führte. Ich fragte mich, ob sie wusste, dass ich ihr nachblickte und sie nur Schuldgefühle bei mir erzeugen wollte. Ich traute ihr auch nicht.

28

Ich saß im Unterricht und versuchte mich zu konzentrieren. Mrs. Aemes ließ uns *Julius Caesar* mit verteilten Rollen lesen. Alle Schüler lachten, als Dan Hotchkiss von Tisch zu Tisch taumelte und alle anderen so taten, als würden sie ihn erdolchen. Bei meinem Hieb beschloss er, unter dem Applaus der Klasse auf die Knie zu gehen, ließ sich dann auf den Rücken fallen, nur seine Beine zuckten noch, während Tracey Beckwith verkündete: »Befreiung! Freiheit! Die Tyrannei ist tot!« Alles schien wieder seinen normalen Gang zu nehmen. Zwei Tage waren seit der Suche vergangen, und Ian war bereits wieder vergessen. Die ganze Angelegenheit schien bereits passé zu sein.

Ich sah aus dem Fenster. Eine Reihe von Fahrzeugen, etwa ein Dutzend Trans Ams und Monte Carlos, bogen in den Parkplatz ein, und Männer in Anzügen stiegen aus. Alle Köpfe wandten sich ihnen zu, und in meinem Nacken spürte ich einen heißen Atem: »Mörder!« Ich drehte mich um. Dayton grinste mich an, und dann folgte ich seinem Blick unter die Bank; zwischen seinen Beinen hielt er die gezückte Klinge eines Springmessers.

Die FBI-Agenten stiegen aus und plauderten einige Minuten, bevor sie sich paarweise zum Eingang der Schule begaben. Unter ihnen befand sich Burden. Er trug einen Anzug und ging neben einem sehr großen, schlaksigen Beamten mit dünnem, blondem Haar. Alle Schüler unterhielten sich aufgeregt. »Was wollen die? Glaubst du, sie haben ihn gefunden?«

An der Tür klopfte es – es war Mrs. Lowe, die Schulsekretärin. Sie frage nach Benny und Ernie und Jane Evans, die rothaarige Cheerleaderin, die ebenfalls auf der Fete gewesen war. Jane war mit allen Jungs in der Football-Mannschaft befreundet, ging aber mit Ronald Predwinkle, der in Carmen seinen Abschluss gemacht hatte und nun in Tulane Sprachen studierte. Ich wartete, dass Mrs. Lowe auch meinen Namen aufrief, aber sie tat es nicht. Benny und Ernie standen auf und verließen mit Jane das Klassenzimmer. Die Tür schloss sich hinter ihnen, und ich saß da und überlegte, warum sie mich nicht geholt hatten.

Keiner hatte sonderlich Lust, mit *Julius Caesar* fortzufahren, am wenigsten Mrs. Aemes. Sie stand vor der Klasse und wirkte erschüttert, als wollte sie jeden Moment wieder zu weinen beginnen. Und Dan hatte einen reumütigen Blick aufgesetzt, als wäre ihm seine Sterbeszene peinlich, als wäre sie ein persönlicher Affront gegen Ians Familie. Plötzlich erinnerten sich wieder alle, dass einer unter den Schülern seit drei Tagen vermisst wurde, und was vor zwei Minuten noch witzig gewesen war, dessen musste man sich nun schämen. Ich wollte sie anschreien, dass sie nichts Schlimmes verbrochen hatten. Es machte mich wütend, dass sie Schuldgefühle für etwas hegten, mit dem sie nichts zu tun hatten. Dayton und Clyde waren die Einzigen, denen das alles nichts auszumachen schien.

Mrs. Aemes sah schuldbeladen aus, als müsste sie noch mehr für uns tun – aber dazu genügte es nicht mehr, die Tische im Kreis zusammenzustellen. Man konnte nicht einfach bei jeder Krise die Tische im Kreis zusammenstellen. Dadurch änderte sich nichts.

Wieder spürte ich den heißen Atem in meinem Nacken. »Mörder!« Ich drehte mich nicht um. Ich wartete nur darauf, dass Dayton mich in den Nacken stach und ich nicht mehr Mrs. Ames schuldbeladene Miene betrachten musste.

Jane kehrte mit dem Gongschlag allein ins Klassenzimmer zurück. Sie sah kurz zu mir her, und als sie meinen Blick auffing, wandte sie sich schnell wieder ab, als könnte sie sich eine Krankheit zuziehen, wenn sie mich zu lange anstarrte. Ich packte meine Bücher und ging aus dem Zimmer. Ich wollte Mrs. Aemes sagen, dass sie keine Schuldgefühle zu haben brauchte, aber woher zum Teufel wollte ich das mit Bestimmtheit wissen?

29

Die Eingangshalle war voller Schüler. Über allen lastete eine drückende Stille, als gehörten sie alle zum Kreis der Verdächtigen – als müssten sich alle irgendwie verstecken. Ich erinnerte mich, dass Autofahrer instinktiv auf die Bremse traten, wenn sie meinen Vater in seinem Polizeiwagen erblickten. Wenn er sie überholte, starrten sie geradeaus, hatten beide Hände am Lenkrad und versuchten unschuldig auszusehen, obwohl sie keinen Fehler begangen hatten.

Reed unterhielt sich mit Benny. Benny fragte ihn etwas, und Reed schüttelte den Kopf. Benny drehte sich um und kam auf mich zu. Er sah mich an, dann schritt er, ohne etwas zu sagen, an mir vorüber. Als Reed mich erblickte, deutete er an, dass ich ihm zur Toilette folgen sollte.

Seine Hände zitterten. Er wartete, bis einige Jungs die Toilette verlassen hatten.

»Sie wissen, dass du es warst.«

»Schhhh.«

»Sie befragen alle nach dir. Sie wollen beweisen, dass du irgendwo auf der Strecke angehalten hast.«

Unter einer der Kabinen bemerkte ich in diesem Moment ein Paar Füße. Ich hob meine Hand, und Reed verstummte. Schweigend warteten wir, bis gespült wurde, dann trat ein FBI-Agent aus der Kabine. Er ging, ohne sich die Hände zu waschen.

»Haben sie mit dir geredet?«

»Nein. Benny will wissen, was hier vor sich geht. Er fragte mich, was Sonntagnacht vorgefallen ist.«

»Und was hast du ihm gesagt?«

»Du weißt, was ich gesagt habe. Neil, sag ihnen die Wahrheit.«

»Ich kann nicht. Es ist zu spät. Keine Sorge, es wird alles wieder in Ordnung kommen.«

»Verdammt noch mal, Neil, nichts ist in Ordnung. Er ist tot.«

Ich bemerkte, dass alle Toilettentüren offen standen, alle, bis auf eine. Füße waren jedoch nicht zu sehen. Ich legte den Finger an die Lippen, gab Reed zu verstehen, dass er schweigen sollte, und ging zur Kabine. Ich stieß gegen die Tür, und sie schwang auf.

Die Eingangshalle leerte sich. Alle machten sich auf den Weg zur nächsten Unterrichtsstunde.

»Wir sehen uns dann mittags.«

»Okay.«

Reed verschwand in seinem Schreibmaschinenkurs. Zwei Agenten in Anzügen, Burden und der große, schlaksige Beamte kamen in meine Richtung. Burden sagte etwas so leise, dass ich es nicht verstehen konnte. Sie gingen an mir vorbei und nickten mir höflich zu, als wären wir Nachbarn.

30

Die FBI-Agenten bekamen wir kaum zu Gesicht, alle wussten jedoch, dass sie sich in der Turnhalle aufhielten. Sie wollten niemanden einschüchtern. Sie sprachen mit allen Schülern, allen, die Ian kannten oder ihn in jener Nacht gesehen hatten. Sie begannen mit denen, die auf der Fete gewesen waren, und befragten dann die übrigen Schüler.

Reed und ich waren die Einzigen, die nicht befragt wurden. Sie wussten bereits, was wir sagen würden.

Vor dem Mittagessen, auf dem Weg in die Cafeteria, lief ich Ulster über den Weg, der mich in sein Büro zitierte. »Wir müssen miteinander reden«, sagte er. »Ich weiß nicht, was mit dir los ist. Ich weiß nicht, ob es etwas gibt, das du mir erzählen solltest. Wenn du dich mit mir unterhalten willst, nur zu, du sollst wissen, dass ich für dich da bin.«

»Okay.« Ich starrte auf die Bilder seiner beiden Jungs. Sein Ältester, Robert, ging auf die Carmen High School, war aber nicht in der Football-Mannschaft. Er war ein ernster, introvertierter Typ, der in der Schulband Xylophon spielte.

Ulster rutschte unruhig auf seinem Stuhl hin und her, als wollte er sich irgendwo an seinem Rücken kratzen, konnte die Stelle aber nicht erreichen. Er fuhr fort: »Schau, ich will nur, dass du weißt, dieses Spiel am Samstag … na ja, es ist für mich nicht nur ein Spiel. Ich rede nicht viel darüber, aber für mich ist es persönlich sehr wichtig, dass wir gegen Vegas gewinnen. Ich und … na ja, du kennst ihren Trainer Ruben, es gab da was in der Vergangenheit und … na ja, es wäre sehr schön, wenn wir die Dreckskerle endlich einmal schlagen würden.«

Ich stellte mich in der Cafeteria für das Essen an – es gab Hackbraten mit Kartoffelbrei und Gemüse. Durch die Glasabtrennung sah ich Lenore mit Amy an einem Tisch in der Ecke sitzen. Den gesamten Morgen hatte ich darüber nachgedacht, zu wem ich mich setzen sollte. Ich wollte neben Reed Platz nehmen, konnte ihn aber nirgends entdecken. Ich wusste, wenn ich nicht bei der Mannschaft saß, würde es verdächtig aussehen. Sie sollten wissen, dass alles in Ordnung war. Den gesamten Morgen über hatte ich ihre Blicke gespürt, aber wenn ich sie ansah, hatten sie sich weggedreht.

Ich betrat den Essbereich und versuchte mich zu entscheiden. Ich erblickte Mary, gab aber vor, sie nicht zu sehen und ging einfach weiter zum Tisch der Football-Mannschaft. Als ich mich setzte, verstummten alle; als hätten sie sich über etwas unterhalten, über das sie nun nicht mehr reden konnten.

D. J. Farby saß rechts von mir.

»Hallo.«

»Hallo.«

Und dann wandte er sich wieder seinem Essen zu. Wir aßen schweigend. Ich wollte nicht zu Mary blicken – ich wusste nicht, was ihr die anderen Schüler erzählt hatten. Ich sah auf, und sie lächelte mich an. Neben ihr saßen Paula und Judy. Und dann stand sie mit ihrem Tablett auf und kam zu unserem Tisch herüber.

»Kann ich mich dazusetzen?«

»Klar.«

Alle drehten ihre Köpfe weg, als sie neben mir Platz nahm – keiner sagte ihr, dass es nicht Ordnung sei. Wir alle saßen, genau wie Mrs. Aemes, verwirrt da und warteten darauf, dass uns jemand sagte, was wir zu tun hatten. Und Mary hatte das Gefühl, als wäre es ihre Schuld. Sie war neu am Tisch und bezog das Schweigen auf sich.

»Soll ich wieder gehen?«

»Nein. Es ist schon in Ordnung«, sagte ich. Schweigend aßen wir, und dann legte sie ihre Gabel weg und schmiegte ihren Kopf an meine Schulter.

Ich sah mich im Raum um, bemerkte Kevin Bottoms, der mit einigen Jungs an einem anderen Tisch saß. Ich beobachtete ihn eine Weile und fragte mich, was er dem FBI erzählt hatte. Und dann sah ich den Jungen neben ihm, Joe Maine, unseren Wasserträger. Und plötzlich erinnerte ich mich, wie mich mein Vater am Montagmorgen zum Training gefahren hatte und Joe mit seinem Eimer voller Orangen über den Parkplatz getrottet kam. Ich erinnerte mich, dass Joe mir zugewunken hatte, während ich noch auf dem Beifahrersitz im Wagen meines Vaters saß.

Und dabei meine Mütze auf dem Kopf gehabt hatte.

Mary hatte ihre Hand auf meinem Oberschenkel und streichelte mich. Aus den Augenwinkeln heraus bemerkte ich, dass Lenore mit Amy die Cafeteria verließ.

»Ich muss gehen.«

»Kann ich mitkommen?«

»Nein. Ich … ich … muss gehen.«

Ich stand auf und ging aus der Cafeteria. Ich ging durch die Eingangshalle und verzog mich dann in die

Toilette. Als ich mich im Spiegel betrachtete, sah ich Reeds rote Pumas unter einer der Kabinentüren.

»Reed?« Er öffnete die Tür. Er saß auf der Toilette, aß sein Lunchpaket und sah fürchterlich aus. »Alles in Ordnung?«

»Ich kann nicht mehr.«

Ich wusste nicht, was ich ihm sagen sollte. »Sollen wir rausgehen und darüber reden?«

»Nein.« Er schüttelte den Kopf. »Ich will allein sein.«

Ich verließ das Gebäude, ging um die Schule herum zur Rückseite und wollte sehen, ob die drei Kids in der Nische standen und rauchten. Sie waren nicht da, nur ein Junge und ein Mädchen, die sich ineinander verkrallt hatten. Ich ging an ihnen vorüber. Ich überquerte die Straße und ging in Richtung Mall. Ich wollte nicht mehr in den Unterricht zurück. Ich wollte alle, die ich kannte, nie wieder sehen.

Die Mall war bereits in die Jahre gekommen und begann langsam zu verwahrlosen; sie war voll mit Gesichtern, die man schon einmal gesehen hatte, jenen unsichtbaren Schulabgängern, bei denen man unwillkürlich ausruft: *»Ach, ich hab mich schon immer gewundert, was aus ihm geworden ist.«* Sie mieteten sich irgendeine Scheißbude in einem Kellerloch und verschwanden in der Mall. Ich blieb an der Tierhandlung stehen. In den der Reihe nach aufgestellten Käfigen saßen Hunde, in die Leben kam, als ich mich ihnen näherte; sie wedelten mit dem Schwanz und versuchten an meiner Hand zu schlecken. Auf dem über den Käfigen angebrachten Schild stand:

Ich fragte den Mann im Laden, ob ich sie füttern könne, aber er sagte mir, sie seien heute bereits gefüttert worden.

Ich wollte nicht zu Mr. Russels Unterrichtsstunde zurück, wusste aber nicht, wo ich sonst hin sollte. Als ich die Straße überquerte, sah ich Brian wieder. Er lehnte an einem Laster und unterhielt sich mit einem der älteren Arbeiter. Diesmal bemerkte er mich. Ich wusste, dass er mich gesehen hatte, auch wenn er es nicht zu erkennen gab und sich beiläufig wieder seinem Kollegen zuwandte. Am liebsten hätte ich ihn mitten auf der Straße angeschrien – hätte ihm zurufen wollen, dass ich wusste, dass er mich gesehen hatte. Aber ich überquerte nur die Straße und ging in die Schule zurück.

31

Ich kam zu spät in Mr. Russells Unterricht. Er sagte nichts, als ich mich setzte. Ich spürte die Blicke und fragte mich, ob sie es wussten – alle, die auf Freds Fete gewesen waren und gesehen hatten, in welchem Zustand ich mich befunden hatte.

Vom Fenster aus sah ich die Agenten zu ihren Fahrzeugen gehen. Burden gab allen die Hand und klopfte ihnen auf den Rücken. Sie unterhielten sich noch eine Weile, dann stiegen sie ein und fuhren davon – nur Burden und sein schlaksiger Begleiter blieben noch zurück. Sie standen auf dem Parkplatz, und dann drehte Burden wie zufällig den Kopf und starrte zum Fenster im zweiten Stock hoch, genau mir in die Augen, als wollte er sagen: Ich weiß, wo du bist, und ich weiß, was du tust. Er starrte durch mich hindurch, und dann gingen die beiden Männer zur Schule zurück.

Als ich am Ende der Stunde das Klassenzimmer verlassen wollte, hielt Russell mich auf.

»Kann ich mit dir reden?«

»Ja.«

»Ich hab mir deine Arbeit angesehen. Was ist los mit dir?«

»Es ist nur … ich war gestern wie benebelt.« Ich würde Russell nicht mein Herz ausschütten.

»Glaubst du, ich bemerke nicht, was du hier treibst?«

»Was meinen Sie?«

»Vielleicht ist es dir nicht bewusst, aber ich sehe doch, was in dieser Klasse los ist.« Er wirkte abgelenkt, als wäre er nicht bei der Sache, als wäre es ihm egal, ob es mir bewusst war. »Es gehört nicht zu meinen Aufgaben, die Schüler zu überwachen. Ich bringe nur jedem, der daran Interesse hat, Mathematik bei. Du musst nicht hier sein, wenn du nicht willst. Ist dir bewusst, dass du die Wahl hast?«

»Ja.«

Es war das erste Mal, dass Russell mich angesprochen hatte, ich meine, mir gegenüber Besorgnis zum Ausdruck gebracht hatte. Alles, was ich jemals getan hatte, kam mir wieder in den Sinn. Plötzlich wurde mir klar, dass Russell keine Angst vor uns hatte – er war wütend. Er wollte unterrichten. Er wollte nur seinen

Job erledigen und dann nach Hause gehen und bei seiner Familie sein.

»Du bist ein intelligenter junger Mann, und das sage ich nicht nur, um dich wachzurütteln. Aber ich sehe, wie du dein Leben wegwirfst. Du tust Dinge, die dein Leben nur noch komplizierter machen.« Wir standen etwa eine Minute lang da, und ich wartete darauf, dass er fortfuhr. Ich wusste nicht, was ich von ihm erwartete; eine Art Lösung wahrscheinlich, eine Idee, wie ich mein Leben *weniger kompliziert* machen könnte. Aber er sagte nichts mehr. Er war fertig. *Ich sehe, wie du dein Leben wegwirfst.*

32

Wir saßen in der Umkleide und bereiteten uns auf das Training vor. Von dem sonst üblichen Gejohle und Geschrei war nichts zu hören, nur einige versuchten so zu tun, als wäre nichts geschehen – ich konnte regelrecht hören, was sie nicht auszusprechen wagten. Ich sah zu Joe Maine, der die Wasserflaschen des Teams herrichtete.

Reed saß abseits von den anderen. Er wirkte zerschlagen, war nach vorn gebeugt, schnürte seine Schuhe und löste die Bänder wieder. Ich wandte mich an Fred, der neben mir saß: »Das war ein guter Treffer heute Morgen.«

»Danke«, antwortete er kühl, während er sein Trikot überstreifte. Er war anders als sonst. Alle waren das.

Ulster kam herein und stimmte seine Rede an. »Wir

hatten diese Woche einige Störungen« – er bezeichnete Ian als eine Störung –, »aber ich will, dass ihr euch diese ganze FBI-Sache aus dem Kopf schlagt und heute wie eine richtige Mannschaft spielt.« Und dann ließ er uns im Kreis zusammentreten und den dummen Schlachtruf der Schule anstimmen.

Als wir aus der Umkleide in die Eingangshalle stürmten, lief ich beinahe Burden und seinen Partner über den Haufen. Sein Partner hielt einen Hefter in Händen, während Burden uns nach dem Namen fragte. Als die Reihe an mich kam, sagte Burden nichts, sondern winkte mich nur durch. An der Tür traf mich die trockene Wüstenhitze, die einem den Rachen versengte – ich blickte noch einmal zurück, um zu sehen, ob sie Joe aufgehalten hätten, doch er befand sich noch in der Umkleide. Wir hörten uns wie eine Herde Pferde an, als wir alle vierzig in unseren Noppenschuhen über den Parkplatz zum Spielfeld schritten. Normalerweise liebte ich dieses Geräusch – es klang nach einem wilden, galoppierenden Haufen –, heute jedoch ließ es mich kalt; ich drehte mich nur immer wieder um und wollte sehen, ob Joe aus der Schule auftauchte.

Einige der Väter standen am Eingang zur Tribüne. Sie lachten über Bennys Vater Ed, diesen verrückten Klugscheißer, der die Geschichte erzählte, wie ihn seine Frau verlassen hatte. Wir hatten sie alle schon unzählige Male gehört. Sie war mit einem Klimaanlagenverkäufer aus Phoenix durchgebrannt, den sie in der Lobby des Tropicana kennen gelernt hatte, während Ed an den einarmigen Banditen stand. Er hatte sie zwei Stunden später mit Ken an der Bar wiedergefunden, und sie hatte bereits beschlossen, dass sie verliebt sei und am nächsten Tag nach Phoenix umsiedeln werde.

»In zwei Stunden«, wiederholte er. »In zwei Stunden.« Alle Väter lachten, am lautesten aber Pete, der Vater von Pinguin, der sich den Bauch hielt und dem beinahe die Tränen kamen, während Ed lebhaft ausführte, wie er mit Ken eine Schlägerei angefangen hatte und schon nach dem ersten Schlag k. o. gegangen war. Pete lachte so laut, dass man sich unweigerlich fragte, welche Probleme der Mann hatte.

Eds Frau lebte nun seit fünf Jahren mit Ken in Phoenix, »und das Schlimmste ist, ich hab mit ihr heute Morgen telefoniert, und sie sagte mir … stellt euch nur vor … sie sei in ihrem Leben nie glücklicher gewesen!«

Damit trieb er es auf die Spitze; Peter Nutts Knie gaben nach, und er saß auf dem Hintern und brüllte »in zwei Stunden … in zwei Stunden …«, während die Spieler auf dem Weg zum Spielfeld über ihn hinwegsteigen mussten.

Mein Vater stand neben Stokely, der mit seinem Streifenwagen und in Uniform gekommen war, um uns beim Training zuzusehen. Und während Ed weiterhin drauflosredete, drehte sich mein Vater zu mir und klatschte mir auf den Rücken.

»Ich hab uns für heute Abend zwei Karten für Neil Diamond besorgt.«

»Oh.« Das war alles, was ich sagen konnte.

Ich wollte Neil Diamond nicht sehen. Ich wollte nicht mit meinem Vater eine Nacht in Las Vegas verbringen.

»Wir werden unseren Spaß haben.«

Ich wusste, warum er nach Vegas wollte. Kimmy war fort, und er musste eine neue Freundin auftreiben. Für ihn war es so, als müsste er in die Stadt, um neue Vorräte zu besorgen. Er wollte mich nur dabeihaben, damit er nicht allein war. Wieder drehte ich mich zum Eingang der Schule um, während mein Vater noch mit mir sprach. Und dann ging die Tür auf, und Fred trat mit den Wasserflaschen der Mannschaft heraus, und ich wusste, dass sie mit Joe sprachen.

33

Alles, was ich sah, waren Farben, die auf mich zustürzten. Wir übten ein Scrimmage als Vorbereitung auf das Spiel gegen die Las Vegas High School am Samstag. Ich täuschte links an und warf den Ball genau durch eine Lücke zwischen Benny und Pinguin – er schwirrte wie eine Gewehrkugel über das Feld. Reed stürmte nach vorn, dann drehte er sich um, und in diesem Bruchteil einer Sekunde flog ihm der Ball genau in die Hände.

»Ich will, dass ihr nur mit drei Viertel eurer Kraft antretet, keiner von euch soll sich heute verletzen.« Ulster war an der Seitenlinie und kaute seine Sonnenblumenkerne. Ich beobachtete den Eingang zur Schule und wartete darauf, dass die FBI-Agenten erschienen. Ich fragte mich, was Joe ihnen erzählte, ob er sich daran erinnerte, dass er mich an jenem Morgen gesehen hatte.

Ulster brüllte uns von der Seitenlinie Anweisungen zu. »Das sind nicht die Laufrouten! Eins, zwei, drei, los jetzt!« Aber keiner kümmerte sich darum, keiner war am Spiel interessiert. Ich spürte, wie mich alle anstarrten und sich fragten, was ich zu verbergen hatte.

Fred warf mir den Ball zu. Ich trat einen Schritt nach hinten und sah wieder zum Eingang, und plötzlich, aus dem Nichts heraus, rammte mich Pinguin und stürzte sich auf den Ball. In meinem Kopf drehte sich alles, als ich mich wieder aufrappelte. »Was soll das?«

Pinguin zuckte nur mit den Schultern und schlenderte davon, als wäre nichts, als wüsste er seine eigene Stärke nicht einzuschätzen. Und dann erblickte ich aus den Augenwinkeln heraus Norman Lime oben am Tribünenaufgang. Er sprach in sein Handy, kam dann die Stufen herunter, ging zu Ulster, hielt die Hand über die Augen und begann das Spielfeld abzusuchen.

Wir nahmen wieder Aufstellung.

»Was zum Teufel ist hier los?«, fragte Travis Earl. Er wirkte verloren und desorientiert. Es war sein erstes Jahr. Er sollte Pinguin abblocken, hatte aber nicht mit dessen Wucht gerechnet.

»Lime«, erklärte ihm jemand.

Und dann änderte sich alles. Wir sollten mit drei Viertel unserer Kraft spielen, aber nachdem Lime an der Seitenlinie stand, gingen wir mit allem, was wir hatten, aufeinander los. Ich spähte zur Tribüne. Die Väter hatten aufgehört, sich zu unterhalten und saßen nun nach vorne gebeugt auf den Bänken. Stubby sah mich fragend an, als würde ich seine Zukunft in Händen halten.

Fred warf mir den Ball zu. Ich ließ mich zurückfallen und brachte den Ball über siebzehn Yards auf Reed, bevor Ernie Gates sich auf seine Knie stürzte und ihn wie einen mit Blei gefüllten Eimer von den Beinen holte. Ulster brüllte von der Seitenlinie: »Ist sonst niemand mehr in deiner Mannschaft, Garvin?«

Wir nahmen Aufstellung.

»Okay, wir spielen eine 32-Y-Flat.« Ich hatte den Blick gegen den Boden gerichtet.

»Wie wär's, wenn du von deinem Talent auch andere profitieren lassen würdest, Garvin?« Es war Stubby. Er hatte den gleichen Blick wie damals, als er auf mich losgegangen war: sehr, sehr ruhig und gleichzeitig bereit, jeden Augenblick zu explodieren. Reed starrte nur zu Boden und sagte nichts.

»Mach, was ich dir sage.«

»Los, Jungs, spielen wir.«

»Verpiss dich!«

»Wir machen, was Ulster uns sagt, Arschloch.«

»Wie hast du mich genannt?«

»Arschloch ... Arschloch.«

Ich blickte auf und sah einige Schüler aus dem Eingang kommen.

»Warum schaust du immer zum Eingang?«

Ich ignorierte Stubby. Wir nahmen unsere Positionen ein. Fred warf mir den Ball zu. Stubby und Reed sprinteten bei diesem Spielzug nach außen, um dann abrupt und direkt in die Mitte abzubiegen. Die Farben stürzten auf mich zu. Ich sah ihre Gesichter nicht, sie hätten mich nur abgelenkt – ich beobachtete ihre Hüften. Wie Ulster immer sagte: »Dein Schwerpunkt lügt niemals, er verrät dich immer.«

Über mir hörte ich die Jets des Luftwaffenstützpunkts. Ich dachte daran, wie perfekt ihre Formation war und dass wir im Grunde das Gleiche taten: einfache Manöver üben. Wir befanden uns immer im Krieg – ob in der Luft oder auf dem Spielfeld oder in einer gottverdammten Cafeteria irgendeiner kleinen High School mitten im Nichts, *wo nichts zählte*. Aber es zählte! Stubby und Reed steuerten die Endzone an, und plötzlich packte mich die Angst. Aus irgendeinem dämlichen Grund spürte ich diese verrückte, gottverdammte Verantwortung. Ich hörte eine Stimme schreien, die mir sagte, ich trage Verantwortung, meine Handlungen ziehen Konsequenzen nach sich. Diese Stimme – sie klang so sicher, überzeugend, sie war so fest wie ein Fels – sagte mir, dass alles wichtig war, dass alles eine Rolle spielte, ob ich nun einen Hausmeister grüßte oder einen Jungen Rotz nannte oder wie ich pickelgesichtige, Zigaretten rauchende Schüler behandelte. Ich weiß nicht, warum ich daran dachte, aber plötzlich erschien mir das als das Wichtigste auf der Welt.

Reed und Stubby drangen in die Endzone ein, und ich hörte Ulster rechts von mir brüllen, ich solle den Ball werfen. Reed blickte sich über die rechte Schulter um und entfernte sich immer weiter von mir. Ich hasste meinen Vater, der mich zum Spielen zwang. Ich hasste Lime, der mich zum Lügen zwang, und ich hasste Reed, weil er mir traute, und die Mannschaft, die sich auf mich verließ, und ich hasste Burden, weil er nicht aufgab. Ich hasste alle, da sie von mir erwarteten, dass ich eine Person sei, die ich nicht war; dass ich jemand sei, von dem ich in meinem tiefsten Inneren noch nicht einmal wusste, ob es ihn überhaupt gab.

Mein Arm ging wie von allein nach hinten, und ich blickte in den Himmel und fühlte mich, als würde ich schweben, als würde mich etwas hochheben, und diese dicken, dunklen Wolken trieben an mir vorüber und durch mich hindurch; sie sahen alle aus wie die Sandwiches von Freds Mutter, und ich spürte, wie mir der Ball aus der Hand gerissen wurde, und ich wusste nicht, ob ich ihn geworfen hatte oder angegriffen wurde oder ob ich überhaupt noch lebte, bis nichts mehr zählte und mir egal war, wer den Ball gefangen hatte; denn alles, was ich wollte, war schlafen, eine Million Jahre schlafen, und dann wurde alles dunkel, und ich war allein, ich grinste und schwebte wie ein verrücktes glänzendes Sandwich in dieser warmen, feuchten Wolke.

34

Ich lag auf dem Boden und auf mir ein Haufen Spieler. Es folgte ein langes, langes Schweigen, und dann begannen alle verrückt zu spielen. Ich drehte den Kopf zur Seite und sah Ulster, der die Hand vor den Mund hielt und den leeren Blick der Überraschung im Gesicht hatte. Ich hörte Pinguin »mein Gott« flüstern, als er sah, was auf der anderen Seite des Spielfelds geschah. Als er sah, wie Reed den Ball fing.

Reed marschierte bereits mit dem Ball zurück. Stubby näherte sich ihm, legte ihm den Arm um die Schulter und gratulierte ihm. Reed nickte und ging einfach weiter – er starrte unverwandt zu mir. Andere Spieler kamen zu ihm, aber Reed beachtete sie nicht; er schüttelte sie einfach ab. Ich sah ihm in die Augen, als er auf mich zugeschritten kam, und ich sah den Schmerz. Er war an die Schmerzgrenze gegangen. Er war in diesem Spiel weiter an die Schmerzgrenze gegangen als jemals zuvor. Wir teilten jetzt ein Geheimnis. Er hatte nicht darum gebeten, er war unschuldig, aber diese Unschuld nahm ich ihm nun. Er reichte mir den Ball, wir waren keinen halben Meter voneinander entfernt, und er nickte nur und sagte: »Okay.«

Und dann ging die Eingangstür zur Schule auf, und Joe Maine kam mit den FBI-Beamten heraus. Burden und sein Partner schritten eilig über den Parkplatz zum Spielfeld. Ich drehte mich um und erkannte meinen Vater ganz oben auf der Tribüne, wo er die anderen einen Kopf überragte; er grinste einfältig und applaudierte mir mit seinen riesigen Händen, die ihre eigenen Geheimnisse bewahrten. Seine Lippen bewegten sich, aber ich konnte nicht verstehen, was er sagte. Er sah aus wie ein grinsendes Gespenst, wie der Geist eines abgehalfterten Cowboys. Ich stand mitten auf dem Spielfeld und starrte meinen Vater an und sah, was aus mir werden würde.

35

Burden und sein schlaksiger Partner kamen die Stufen herunter zu Ulster. Burden flüsterte Ulster etwas ins Ohr.

»Garvin. Banks.« Ulster winkte uns heran. In diesem Augenblick begann mein Vater die Treppe hinunterzulaufen.

Ich ging mit Reed im Gleichschritt über das Spielfeld. Norman Lime wollte uns sprechen, aber Burden scheuchte ihn fort.

»Wir würden euch gerne ein paar Fragen stellen«, sagte Burdens Partner.

Mein Vater hatte sich bereits zwischen uns geschoben. Er zeigte auf Burden. »Er hat schon gestern mit meinem Sohn gesprochen.«

»Sheriff, der Fall befindet sich jetzt im Zuständigkeitsbereich der Bundesbehörde. Es gibt Anlass zur Vermutung, dass Ians Verschwinden auf eine Entführung zurückgeht.«

»Ach, wirklich? Und was gibt zu dieser Vermutung Anlass?«

»Darüber können wir nicht reden.«

»Aber Sie haben Beweise?«

»Die sind vertraulich.«

Sie logen. Das FBI konnte sich nur einschalten, wenn sie vortäuschten, dass es sich bei dem Fall um eine Entführung handelte.

»Ich heiße Pile.« Der schlaksige Agent trug einen dunkelblauen Anzug, dazu ein steifes weißes Hemd und eine graue Krawatte. Er streckte seinen Arm aus und schüttelte meinem Vater die Hand.

»Wie schön für Sie«, sagte mein Vater.

»Wir könnten das Gespräch in der Turnhalle fortsetzen.«

Mein Vater starrte beide nur an.

»Oder vor Gericht«, fügte Burden hinzu.

»Er kommt nicht mit«, sagte mein Vater zu Pile und deutete auf Burden.

Pile lächelte. »Keine Sorge, ich stelle die Fragen. Wir sind sehr daran interessiert, den Jungen zu finden. Und wir wollen Sie nicht in Ihren Ermittlungen stören. Wenn wir Ihnen in irgendeiner Weise behilflich sein können, dann lassen Sie es uns doch bitte wissen.«

»Sie könnten mir sagen, warum Sie glauben, es handle sich um eine Entführung.«

Pile überging die Aufforderung mit seinem Lächeln, als hätte mein Vater nichts gesagt. Reed stand nur da und starrte zu Boden.

Mein Vater betrachtete den nicht vorhandenen Dreck unter seinen Fingernägeln und sagte dann: »Okay, gehen wir.«

»Wir würden uns gern mit Neil allein unterhalten.«

»Schön, dann betrachten Sie mich als seinen Rechtsbeistand.«

Stokely war inzwischen ebenfalls von der Tribüne herabgekommen. »Alles in Ordnung?«

»Sie wollen den Jungs einige Fragen stellen.«

»Oh.«

»Warum kommst du nicht mit?« Mein Vater wollte, dass Stokely dabei war – er wollte ihnen nicht alleine gegenübertreten. Zusammen mit Stokely gingen wir die Stufen hinauf, vorbei an den starrenden Gesichtern, über den Parkplatz und betraten das Schulgebäude. Keiner sagte etwas, als wir durch die Eingangshalle schritten. Ich ging neben Reed; unsere Noppenschuhe klackten laut auf dem Betonboden.

Burden und Pile führten uns in die Turnhalle. Sie hatten zu beiden Seiten Tische mit Stühlen aufgestellt, die kleinen Fenster in den Türen waren mit Zeitungspapier überklebt. Reed und ich setzten uns Pile und Burden gegenüber. Mein Vater saß an der Seite des Tisches, Stokely blieb hinter uns stehen.

»Ihr beide wart Sonntagabend auf der Party bei Fred Billing?«, begann Pile. Er sagte es, als wäre er ein langjähriger Freund von Fred.

Wir nickten.

Er wandte sich an mich. »Um wie viel Uhr hast du die Party verlassen?«

»Nach Mitternacht.«

»Bist du auf der Straße jemandem begegnet?«

»Nein.«

»Hast du irgendwo auf der Straße angehalten?«

»Nein.«

»Hattest du was getrunken?«

»Stopp, einen Moment«, sagte mein Vater.

»Ihr Sohn steht unter Verdacht, Sheriff. Wir wollen nur herausfinden, in welchem Zustand er sich in jener Nacht befunden hatte.«

Es spielte keine Rolle. Jeder wusste, dass ich betrunken gewesen war. »Ja.«

»Wie viel hattest du getrunken?«

»Ich schätze, so um die sieben Bier.«

Pile wandte sich an Reed. »Und was ist mit dir – hattest du getrunken?«

»Ja, Sir.«

»Um wie viel Uhr hast du die Party verlassen?«

»Nach Mitternacht.«

»Gab es einen besonderen Grund, warum du gegangen bist?«

»Ich hatte Neils Mütze, und ich wollte sie ihm bringen.«

Reed wusste, dass sie ihn danach fragen würden, also machte er keinen Hehl daraus.

»Und hast du sie ihm gebracht?«

Er zögerte nicht – er überraschte mich, wie schnell er die Antwort parat hatte. »Nein.«

»Wie viel Zeit war vergangen zwischen Neils Aufbruch und deinem?«

»Das weiß ich nicht.«

»Ungefähr.«

»Vielleicht zehn Minuten.«

»Warum hast du ihm die Mütze dann doch nicht nach Hause gebracht?«

Ich spürte den Blick meines Vaters, der auf Reed lastete; er musterte ihn eingehend.

»Es war schon spät. Ich wollte niemanden mehr wecken.«

»Hast du auf der Straße jemanden gesehen?«

»Nein, Sir.«

»Du bist nicht einigen Jugendlichen begegnet, die am Straßenrand entlanggegangen sind?«

»Nein, Sir.«

»Okay.« Pile stützte sich mit den Ellbogen auf dem Tisch ab, sein ganzer Körper entspannte sich. Er sah Reed in die Augen. »Wann hast du Neil die Mütze zurückgegeben?«

»Am Montagmorgen, nach dem Training.«

»Hmmm.«

Reed nickte, er versuchte Pile in die Augen zu schauen.

»Du bist dir ganz sicher?«

»Ja, Sir.«

Ich spürte, wie die gesamte Sporthalle langsam zu schwanken begann, als wäre sie ein Schiff. Und dann wandte sich Pile an mich.

»Hast du zu diesem Zeitpunkt die Mütze von ihm bekommen?«

Ich wollte bereits ja sagen und Reed zustimmen, als mein Vater das Wort ergriff.

»Wenn Sie nichts dagegen haben, dass ich mich hier einmische – aber ich glaube mich zu erinnern, dass Neil die Mütze aufhatte, als er nach Hause kam.« Mein Vater sagte es so beiläufig, als befände er sich auf einem Picknick. Und dann erinnerte ich mich, dass auch mein Vater am Montagmorgen Joe Maine registriert hatte – er wusste, dass Joe mich mit meiner Mütze gesehen hatte, und er hatte mitbekommen, dass Joe soeben in Begleitung von Pile die Schule verlassen hatte. Mein Vater wusste, dass sie mich bei einer Lüge ertappen wollten.

»Warum erzählst du ihnen nicht einfach die Wahrheit, Junge?«

Ich sah zu meinem Vater. Reed wiegte seinen Helm im Schoß und starrte zu Boden. Meine Gedanken rasten, ich versuchte mir eine Geschichte auszudenken, aber mir fiel nichts ein; ich war zu nervös. Und so flüsterte ich zu Pile: »Ja.«

»Wie bitte?«

»Er hat mir die Mütze auf der Straße gegeben.«

Pile und Burden sahen sich kurz an, dann fuhr Pile fort.

»Und wie, glaubst du, hat er dich da einholen können?«

Ich sah zu meinem Vater.

»Warum siehst du zu deinem Vater?«

»He, machen Sie halblang, Sie schüchtern ihn ja ein«, grummelte mein Vater.

»Ich weiß es nicht«, sagte ich.

»Du weißt nicht, warum du zu deinem Vater …«

»Ich weiß nicht, wie er mich hatte einholen können.« Ich konnte niemanden ansehen, Reed nicht, nicht meinen Vater noch die Beamten. Ich starrte nur auf den Tisch vor mir.

»Das ist eine acht Kilometer lange Strecke. Wie lange dauert es, bis du von Fred zu Hause bist?«

»Weiß ich nicht.«

»Sechs Minuten? Vielleicht sieben?«

»Kann sein.«

»Und er ist zehn Minuten nach dir gefahren? Wie konnte er dich dann einholen?«

»Weiß ich nicht.«

»Du hast keinerlei Vorstellung?«

»Hören Sie schlecht? Das hat er doch soeben gesagt.« Mein Vater wurde ungeduldig.

»Ich nehme an, ich bin langsam gefahren.«

»Ist es möglich, dass du irgendwo auf der Straße angehalten hast?«

Ich wollte schon antworten, ja, ich hatte angehalten, und deswegen hatte Reed mich einholen können, aber mein Vater ging dazwischen: »Er hat die Frage bereits beantwortet.«

Pile räusperte sich und versuchte die Fassung zu wahren.

»Erzähl mir, wie es deiner Meinung nach möglich war, dass Reed dich eingeholt hat.«

»Jetzt fangen Sie schon wieder damit an.«

»Lassen Sie den Scheiß!«, schrie Pile, der nun mit seiner Geduld am Ende war. »Erzähl verdammt noch mal, was geschehen ist, okay? Wir haben einen Augenzeugen, der berichtet, dass Neil am Montagmorgen seine Mütze getragen hat. Reed hat ihn auf einer acht Kilometer langen Strecke eingeholt, aber Neil will dort niemals angehalten haben. Bei deiner Geschichte fehlen zehn Minuten, Junge. Zehn Minuten fehlen!«

Reed umklammerte seinen Helm und weinte.

»Das war's dann, wir sind hier fertig.« Mein Vater erhob sich und packte mich an der Hand.

»Langsam, langsam, einen Moment.« Pile lächelte. »Okay, okay, tut mir leid.« Er zwang sich zu einem Lächeln. »Vielleicht sollten wir kurz frische Luft schnappen!«

»Nein, wir werden verdammt noch mal keine frische Luft schnappen. Und Sie werden diesen jungen Mann nicht weiter belästigen, nur weil er zufällig der Sohn eines Sheriffs ist!«

»Entschuldigung?«, fragte Pile.

Stokely betrachtete alles mit großer Verwunderung.

»Ihr verdammten Bundespolizisten bekommt doch bei jedem Bullen, der euch über den Weg läuft, einen Ständer, und ihr liebt es doch geradezu, wenn ihr die Sache einem unschuldigen Jungen anhängen könnt, nur weil er der Sohn eines Sheriffs ist! Jetzt werde ich ein paar Fragen stellen.« Er wandte sich an Reed. »Wie schnell bist du gefahren … ziemlich schnell?«

Reed nickte.

»Hundertdreißig? Vielleicht Hundertfünfzig?« Reed begann zu zittern. »Ich hab gesehen, wie du in diesem Ding rumkurvst.«

Im Raum war es still. Stokely stand daneben und beobachtete alles verwirrt, ohne die leiseste Ahnung zu haben, was hier vor sich ging.

»Das hier ist ein FBI-Verhör«, sagte Pile.

»Ich denke, hier geht es uns allen um dasselbe?«, erwiderte mein Vater.

»Das bezweifle ich«, grummelte Pile.

»Wenn Sie keine weiteren Fragen haben, warum zum Teufel verschwinden Sie dann nicht?«

»Wir wollen Ihren Wagen sehen«, sagte Pile.

Mein Vater starrte finster zu Pile, dann lächelte er. »Besorgen Sie sich einen Durchsuchungsbefehl.«

Burden nahm Pile am Arm, zog ihn zur Seite und flüsterte ihm etwas ins Ohr. Schließlich drehte sich Pile wieder zu uns um. »Okay.« Er lächelte. »Okay, ich habe mich anscheinend zu sehr aufgeregt. Gut, es tut mir leid, dass dies so … aus dem Ruder gelaufen ist. Wir werden jetzt gehen. Und … wir werden Reed mit in die Stadt nehmen, um ihm einige Fragen zu stellen.«

»Den Teufel werden Sie tun!«

»Was Sie nicht sagen!«

»Beweisen Sie mir lieber, dass die Sache überhaupt in Ihren Zuständigkeitsbereich fällt.« Mein Vater erhob sich, sein Stuhl fiel nach hinten um. »Hier wurde kein Bundesgesetz gebrochen, das ist eine lokale Angelegenheit.«

»Fordern Sie mich nicht heraus!«, sagte Pile und stand ebenfalls auf.

Stokely stellte sich breitbeiniger hin, als bereitete er sich auf eine Schlägerei vor. Mein Vater wich vor Pile nicht zurück, wurde aber auch nicht wütend. Er starrte einfach durch ihn hindurch und grinste fast, als er sagte: »Nomalerweise hätte ich nichts dagegen, wenn Sie ihn mitnehmen, es gibt da aber nur ein kleines Problem.«

»Und das wäre?«

»Er ist verhaftet.«

»Weswegen?«

Reed starrte zu Boden. Ich wollte etwas sagen, ihn verteidigen. Mein Vater gab, ohne mit der Wimper zu zucken, die Antwort: »Entführung.«

»Entführung? Dafür gibt es keinerlei Beweise!«, schrie Burden.

»Ach!«, sagte mein Vater. »Warum sind Sie dann hier?«

Burden starrte meinen Vater wütend an.

»Und jetzt verschwinden Sie aus meinem County, oder ich lasse Sie beide verhaften.« Sie standen nur regungslos da. Mein Vater wandte sich an Stokely. »Los, leg ihm die Handschellen an.«

»Wegen Entführung?« Stokely war sichtbar verwirrt.

»Wegen fahrlässiger Tötung«, murmelte mein Vater. »Er war betrunken. Er fuhr mit überhöhter Geschwindigkeit. Die Spuren sind überall zu sehen.«

Stokely zog seine Handschellen hervor und begann Reed auf seine Rechte hinzuweisen. Burden und Pile beobachteten alles, schließlich verließen sie die Halle. Reed weinte, seine Hände waren auf dem Rücken gefesselt. Mein Vater sah ihn an, dann wandte er sich ab.

Reed versuchte mich anzusehen, aber ich konnte es nicht ertragen.

Stokely führte Reed mit der rechten Hand aus der Sporthalle, mit der linken trug er dessen Helm. Ich blieb mit meinem Vater zurück. Die Halle war kalt und leer.

»Also …« Sein Blick ging in die lange Halle. Er sah aus, als würde er sich an etwas zu erinnern versuchen, das schon lange her war. Dann drehte er sich lächelnd zu mir um. »Bereit, um nach Vegas zu fahren?«

36

Ich hörte meinen Vater unten im Badezimmer, als er sich auf Neil Diamond vorbereitete. Aus der Stereoanlage dröhnte *On the Way to the Sky*. Ich saß auf meinem Bett und dachte an Reed. Er war im Gefängnis. Mein Freund. Ich hörte meinen Vater die Dusche abstellen und empfand Wut. Jedes Geräusch, das von unten kam, erfüllte mich mit Wut. Ich hasste ihn. Und ich hasste mich dafür, dass ich vor ihm Angst hatte – dass ich vor allem Angst hatte.

Ich ging nach unten. Im Wohnzimmer fehlten einige Möbelstücke. Ich sah zum Fernsehapparat – mitten im Bildschirm klaffte ein Loch. Kimmy hatte tagsüber ihre Sachen weggebracht und noch nicht einmal einen Abschiedsbrief hinterlassen – als hätte sie nie bei uns gewohnt.

Die Tür zu seinem Schlafzimmer stand offen. Ich sah ihn vor dem Spiegel stehen und sich rasieren.

Er sah mich im Spiegel und grinste. Er war ganz in Schwarz gekleidet. Er trug ein schwarzes Cowboy-Hemd mit purpurrotem Besatz und schwarze Jeans. Er hatte sich vor kurzem schwarze Stiefel aus Echsenleder gekauft. Dazu eine schwarze Jacke; er hatte sein Haar gerade nach hinten gekämmt. Seine grauen Strähnen fielen dann wesentlich mehr auf. Und er stank nach Parfüm – als wollte er einen Geruch überdecken, den er nie richtig loswurde, als würde er sich seines wirklichen Geruchs schämen.

»Ich fahr nicht mit dir nach Vegas«, sagte ich.

Er schaltete den Rasierer aus. »Was?«

Die plötzliche Stille ängstigte mich, und für einen Augenblick verlor ich die Stimme. »Äh …«

Er zwinkerte mir zu. »Nur noch ein paar Minuten. Hey, warum ziehst du nicht deine Schlangenleder-Boots an?«

Ich ging nach oben, zog meine Anzugschuhe aus und die Cowboy-Stiefel aus Schlangenleder an, die er mir zu meinem letzten Geburtstag geschenkt hatte.

Ich lauschte auf die Geräusche von unten. Er war unablässig in Bewegung. Er schnippte mit den Fingern und pfiff und schnalzte mit der Zunge. Er ging durch das Haus, während er noch das eine oder andere erledigte – die Bolo-Krawatte anlegte, die Lichter im Wohnzimmer ausschaltete, an der Lautstärke der Stereoanlage herumspielte. Die Musik lief immer bis zum buchstäblich letzten Augenblick. Sobald er gehen wollte, drehte er die Stereoanlage aus und marschierte durch die Tür. Er reagierte sehr gereizt, wenn man noch etwas von ihm wollte, nachdem die Musik bereits aus war. Als ich noch klein war, hatte ich ihn einmal gebeten, kurz bevor wir gehen wollten, mir die Schuhbänder zu binden. Er hatte mich angebrüllt: »Warum hast du nichts gesagt, bevor ich die Musik ausgemacht habe?« Ich lernte sehr schnell, dass es an der Zeit war, sofort das Haus zu verlassen, wenn die Musik nicht mehr lief.

37

Die Sonne ging bereits unter, als wir uns auf den Weg nach Vegas machten. Die Sonne geht in der Wüste sehr schnell unter. Das erinnerte mich immer daran, wie schnell wir uns bewegen, auch wenn es manchmal den Anschein hat, als kämen wir nicht von der Stelle. Ich hasste Las Vegas. Manchmal fragte ich mich, ob ich die Stadt nur hasste, weil mein Vater sie so sehr mochte, aber ich denke, ich hasste sie dafür, was sie aus den Menschen machte. Sie trieb die Menschen in die Verzweiflung. Sie ließ sie vergessen, wer sie waren. Sie kamen in die Stadt und wollten sofort beschenkt werden, und sie verließen sie wieder, und ihr Leben war ein einziger Scherbenhaufen. Aus der Ferne sah Las Vegas wie ein einziger großer Vergnügungstempel aus – eine magische Stadt, die jeden mit dem Versprechen auf verborgene Schätze anlockte; aber bevor es einem richtig bewusst wurde, war man bereits mittendrin und wurde von ihr verschlungen. Man war ständig umgeben von Lärm und blitzenden Lichtern und hatte das Gefühl, als wäre man unablässigen Angriffen ausgesetzt.

Wir kamen am Silverado Mobile Home Park vorbei,

wo Dayton und Clyde wohnten. Einige Mexikaner saßen auf einer Bank und warteten auf den Bus. Ihre Bierflaschen hatten sie in Papiertüten. Wir fuhren von Norden her in die Stadt. Die nördlichen Viertel waren heruntergekommen und gefährlich. Sie bestanden aus Pfandleihen, Hardcore-Sexläden, Anwaltskanzleien, Hochzeitskapellen und einem Gerichtsgebäude, das an den Wochenenden rund um die Uhr geöffnet war. Auf unserem Weg lagen Geschäfte, die nur mit »Goldankauf« überschrieben waren. Das Amerikanische Bestattungs- und Kremationsunternehmen warb mit »würdevollen Gottesdiensten zu erschwinglichen Preisen«. Ein alter Betrunkener mit ledrigem Gesicht taumelte uns vor den Wagen, stierte uns an, während er auf ein Motel zusteuerte, das mit »Elvis hat hier übernachtet« warb.

Wir kamen an einer Werbetafel vorbei, die Millionengewinne am einarmigen Banditen versprach, noch dazu umsonst. Alle Werbetafeln in Vegas versprachen sofortigen Reichtum. Sie versprachen Dinge wie »Tägliche Gewinnausschüttung: Fünf Millionen« oder zeigten Bilder von Leuten, die soeben am einarmigen Banditen einige Millionen gewonnen hatten. Wenn man jedoch aus der Stadt hinausfuhr, wiesen die Werbetafeln auf Anwälte, Lagerräume und 95-Cent-Frühstück hin.

Als wir auf dem Strip waren, konnte mein Vater seine Ausgelassenheit kaum noch zügeln. Als wären alle seine Probleme mit einem Mal verschwunden, wenn er die Stadtgrenze überschritt, und als wäre alles, was nun vor ihm lag, ein einziger erregender Rausch. Wir fuhren vor dem MGM Grand vor und überließen den Wagen dem livrierten Angestellten, der ihn für uns parkte. Mein Vater gab ihm zehn Dollar Trinkgeld und marschierte mit mir im Schlepptau auf den Eingang zu. Die Lobby war mit Szenen aus dem *Zauberer von Oz* dekoriert. In der Mitte der Lobby war Dorothee mit dem Vogelscheuchenmann und dem Blech-Holzfäller und dem feigen Löwen zu sehen, wie sie gemeinsam die gelbe Ziegelsteinstraße entlanggingen. Mein Vater blieb in der Mitte der Lobby stehen und ließ sich in seinen neuen Stiefeln bewundern, während er etwas von »authentischer Einrichtung« murmelte.

»Ich werde siebzehnundvier spielen«, sagte er und ging zu einem der Spieltische. Ich sah ihm dabei zu. Er kaufte für hundert Dollar Chips. Er setzte zwanzig Dollar und verlor. Eine Bedienung nahm seine Bestellung auf – Midori on the Rocks mit einer Limonenscheibe. »Danke, Ellen«, sagte er, nachdem er ihr Namensschild gelesen hatte. Während sie wegging, sah mein Vater zum Croupier und pfiff anerkennend. Ellen war jung und hübsch, hatte eine tolle Figur und große, falsche Brüste. Alle Frauen, die in Vegas arbeiteten, besaßen Brustimplantate. Sogar Bernice hatte falsche Brüste, obwohl sie nur im Kartenverkauf arbeitete. Mein Vater hatte mir erzählt, dass Männer den Bedienungen proportional zu ihrem Brustumfang Trinkgeld gaben. Aber nicht er, er gab jeder das gleiche Trinkgeld, er war nur knausrig gegen sich selbst. Er erzählte mir von einer Bedienung, die gefeuert wurde, weil ihr ein Arzt so große Implantate eingesetzt hatte, dass die Geschäftsführung sie als obszön erachtete. Da sie sich weigerte, sie wieder herausnehmen zu lassen, wurde sie in die

Wäscherei versetzt. Nach einiger Zeit wurde es ihr da zu langweilig, sie änderte ihren Namen in Aphrodite und arbeitete dann als Stripperin in den Olympic Gardens, wo sie, wie mein Vater sagte, »obszön große Trinkgelder bekam, die ihren monströsen Titten entsprachen«.

Mein Vater verlor fünfmal hintereinander. Als Ellen zurückkam und ihm seinen Drink brachte, verlor er gerade sein letztes Blatt. Wir wanderten zum Kartenverkauf hinüber. Bernice war am Schalter. Ihr Gesicht hellte sich auf, als sie uns erblickte.

»Hallo, meine Schönste, wie läuft's denn so?«, begrüßte er sie. Bernice kicherte und zupfte an ihrem Haar.

»Wunderbar, Baby«, sagte sie. »Meine Schicht ist gerade geändert worden, heute ist mein Freitag.« In Vegas arbeiten die Hotelangestellten in verschiedenen Schichten, sodass es vorkommen kann, dass ihre freien Tage mitten in der Woche liegen. Daher bezeichnen sie den letzten Arbeitstag als »Freitag«. Ich hatte mich nie daran gewöhnen können. Für mich klang es immer so, wie Dreijährige reden würden, wenn sie arbeiten müssten. Bernice schob meinem Vater den Umschlag mit den Eintrittskarten hin. Darauf stand:

Garvin – zwei Karten für Neil Diamond,
für die beiden hübschesten Kerle in ganz Nevada.
Alles Liebe, Berny

Ich starrte auf Bernice' Handschrift. Ihre t waren dick in der Mitte durchgestrichen. Und dann bemerkte ich, wie sie das y am Ende ihres Namens schrieb – es flog davon und ging fast über den Rand des Umschlags hinaus. Plötzlich schien der Boden unter mir nachzugeben, ich hatte das Gefühl, als würde ich fallen.

»Und wie geht's dir, mein Lieber?«

»Ganz gut«, erwiderte ich, während sich alles um mich drehte. Sie saß vor mir mit ihrem spröden Haar und ihren großen, falschen weißen Zähnen und sah dabei wie eine Teufelin aus. Vor ein paar Jahren waren ihr alle Zähne im Mund verfault, und dann hatte sie plötzlich ein neues Gebiss mit perfekten weißen Zähnen.

»Du wirst mit jedem Mal hübscher.« Ich roch die Fäulnis in ihrem Mund. Ich sagte meinem Vater, ich müsse zur Toilette.

Vor dem Waschbecken wartete ich darauf, dass ich mich übergab, aber es kam nichts. Ich betrachtete mich im Spiegel. Ich zitterte – mein ganzer Körper vibrierte vor Zorn. Bernice hatte den Brief meiner Mutter geschrieben. Ein Mann kam herein und pinkelte ins Urinal. Er drehte neben mir den Wasserhahn auf und begann sich die Hände zu waschen. Am kleinen Finger fehlte ihm die Kuppe. Ich sah kurz zu ihm hinüber, dann ging er hinaus, ohne sich die Hände zu trocknen.

Mein Körper fühlte sich an, als wollte er jeden Moment den Dienst quittieren. Ich wusste, ich musste hier weg. Ich musste fort von meinem Vater, von den Lügen. Eines meiner Knie gab nach, und ich fiel zu Boden. Und dann ging die Tür auf, und hinter mir standen zwei Männer. Ich beobachtete sie durch den Spiegel – sie kamen mir bekannt vor: Sie hatten kurz geschnittenes Haar und wirkten wie Geschäftsleute.

»Neil?«

Ich hatte sie nachmittags in der Schule gesehen.

»Was wollen Sie?« Ich versuchte mich zu erheben, aber es ging nicht.

»Wir wollen dir helfen.«

»Nein, das wollen Sie nicht!« Die Worte kamen mir wie von selbst.

»Wir glauben, dass wir dir helfen können.«

»Wie wollen Sie mir denn helfen?« Ich wünschte, sie hätten mich nicht am Boden gesehen. Ich stand auf. Sie waren groß, etwa so groß wie ich, aber sehr viel kräftiger.

»Du musst uns sagen, was geschehen ist. Keine Sorge, wir machen dir keine Schwierigkeiten.« Der eine sah mich mit einem freundlichen Lächeln an, und ich wusste, dass er log. »Du musst keine Angst mehr haben.«

Als er mir sagte, ich müsse keine Angst mehr haben, wurde ich wütend. Ich wusste, Burden hatte ihm vom Sand in unserem Wohnzimmer erzählt. Ich wollte ihnen sagen, dass sie nicht wüssten, wer ich war, dass sie nichts über mich wüssten.

»Ich will nicht mit Ihnen reden.«

»Wir haben nicht viel Zeit. Du müsstest mit uns mitkommen.«

»Nein.« Ich wollte an ihnen vorbei, einer der beiden aber machte einen Schritt zur Seite und hielt mich am Ellbogen fest. Ich riss mich los. »Fassen Sie mich nicht an!«

»Wir wollen nur …«

»Nein. Sie lügen! Sie sind ein verlogenes Pack!« Sie

hielten mich zu zweit fest und versuchten mir den Mund zuzuhalten. »Lassen Sie mich los!«, schrie ich sie an.

»Halt verdammt noch mal den Mund!«, zischte einer.

Ich wollte mich wehren, aber ihr Griff war so fest, dass ich mich kaum rühren konnte. In diesem Augenblick betrat ein Mann die Toilette. Er starrte uns an, und die Agenten lockerten ihren Griff. Ich stürzte hinaus.

Mein Vater stand noch immer am Kartenverkauf und unterhielt sich mit Bernice. Auf dem Weg zu ihnen drehte ich mich noch einmal um. Ich wollte sehen, ob die Agenten mir folgten. Sie waren verschwunden, und für eine Sekunde glaubte ich, ich hätte mir alles nur eingebildet.

38

Neil Diamond stand auf der Bühne und sang »Love on the Rocks«. Mein Vater war wie in Trance. Er hatte den Mund weit offen und hielt seinen Midori in den Händen.

Der Brief ging mir nicht aus dem Kopf. Mein Vater hatte mir erzählt, dass meine Mutter einfach ihre Sachen gepackt hatte und gegangen war. Er hatte mir gesagt, sie habe sich nichts aus Carmen gemacht und den Rest ihres Lebens nicht in einer Kleinstadt verbringen wollen. Aber sie hatte nicht diesen Brief geschrieben – das war Bernice gewesen. Was war mit meiner Mutter wirklich geschehen?

Alle hatten sich von ihren Sitzen erhoben, als Neil Diamond in seinem durchgeschwitzten Satinhemd den Applaus entgegennahm. Als wir aus dem Konzertsaal gingen, sagte mein Vater: »Komm, gehen wir noch zu ihm.« Früher hatte sich mein Vater immer über diese Leute geärgert, die sich nach der Vorstellung vor den Bühneneingang drängelten, um ihrem Idol nahe sein zu können. Es ärgerte ihn, dass sie nicht einfach das Konzert genießen und Neil Diamond seine Privatsphäre lassen konnten.

Wir standen in der Menge vor dem Bühneneingang. Mein Vater hielt das Programmheft in der linken Hand und seinen Midori in der rechten. »Was für eine Show«, sprach er vor sich hin, »was für eine Show. Mit jedem Mal wird er besser.«

Neben uns war ein lauter, feister Typ mit Cowboy-Hut und einem hübschen, jungen Mädchen, das immer wieder auf ihren Pager sah. Mein Vater riss Witze, die er im Fernsehen gehört hatte.

»Wie nennt man eine leere Flasche Kölnisch Wasser am Straßenrand?«, fragte er den Cowboy.

Der Cowboy begann vor Lachen zu brüllen. »Keine Ahnung.«

»Einen Gegenstand indianischer Kultur«, sagte mein Vater. Die Menge wieherte. »Und wie nennt man eine halb leere Flasche Kölnisch Wasser am Straßenrand?« Sie schüttelten alle den Kopf. »Das ist ein *seltener* Gegenstand indianischer Kultur«, verkündete er. Der fette Cowboy hielt sich den Bauch. Er lachte so heftig, dass kein Ton aus ihm herauskam. Sogar seine Begleiterin lachte ein wenig.

»Na, ist das Ihre Tochter?«, fragte mein Vater den Cowboy. Der Cowboy hörte auf zu lachen, und plötzlich fühlte sich jeder ein wenig unwohl in seiner Haut. Mein Vater schüttete den letzten Rest Midori in sich hinein. »Wer für Sex bezahlt, gehört meiner Meinung nach zum Abschaum.« Ich hatte meinen Vater noch nie so zu einem Fremden reden gehört. Gewöhnlich war er zu allen sehr charmant und freundlich und sparte sich seine schlechte Laune für zu Hause auf. Der Cowboy wollte etwas erwidern, aber mein Vater sah ihn nur an – der Cowboy fiel sichtlich in sich zusammen und trottete mit seiner Begleitung davon. Danach wandten sich alle von meinem Vater ab, und er stand nur noch irgendwie peinlich und lächerlich da.

Neil Diamond tauchte aus dem Bühneneingang auf und gab Autogramme. Alle umringten ihn, bis auf meinen Vater. Er stand nur da und sah zu. Als Neil Diamond fertig war, blickte er zu meinem Vater, aber mein Vater konnte nichts sagen – er war wie erstarrt. Schließlich lächelte Neil Diamond und sah meinen Vater an, wie ihn wohl noch nie jemand angesehen hatte. Er sah ihn mitleidig an. Und dann ging er, flankiert vom Sicherheitspersonal des Hotels, zum Ausgang und hinaus zu seiner Limousine.

Mein Vater wartete, bis Neil Diamond verschwunden war, bevor er zum Blackjack-Tisch hinüberging. Er verlor weitere hundert Dollar und schüttete noch ein paar Midori in sich hinein. Und er wurde ziemlich laut – er erzählte jedem, dass sein Sohn den besten Arm des Staates hätte. »Mein Junge wird in der NFL spielen«, sagte mein Vater dem Croupier. Dieser lächelte mich müde an. Ich blickte mich um, weil ich sehen wollte, ob wir verfolgt wurden.

Wir ließen den Wagen im MGM Grand stehen und fuhren mit einem Taxi zum Olympic Gardens. Ich war eigentlich zu jung, um hineinzukommen, aber als der Türsteher mich nach meinem Ausweis fragte, drückte ihm mein Vater einen Hundert-Dollar-Schein in die Hand.

»Schau dir diese Miezen an«, sagte mein Vater.

Es gab vier Bühnen, auf denen sich Oben-ohne-Tänzerinnen zu Musik bewegten. An den Wänden tanzten Frauen speziell für Typen, was zwanzig Dollar pro Song kostete. Wir setzten uns in ein Abteil, und mein Vater bestellte uns zwei Drinks. Er nickte bedächtig und sah sich im Raum um. Dann erhob er sich und sagte zu niemand Bestimmten, dass er auf die Toilette ginge. Wieder sah ich mich nach verdächtigen Personen um, was aber nahezu unmöglich war, da alle, die hier waren, irgendwie verdächtig aussahen.

Zwei Stripperinnen setzten sich neben mich. Ich nehme an, sie waren ein Team, denn beide trugen fluoreszierende rosafarbene Bikinis mit weißen Herzen. Sie hießen Sandy und Briani.

»Wie heißt du?«

»Neil.«

»Woher kommst du, Neil?«

»Carmen.«

»Soll ich dir sagen, was unsere Spezialität ist?« Sie legte ihre Hand zwischen meine Beine und begann zu reiben. »Unsere Spezialität ist alles, was erlaubt ist.« Und dann holte sie mit der anderen Hand ihre Brust aus dem Oberteil und zeigte mir ihren Nippel. Ich blickte zu ihrer Freundin Briani hinüber, die sich gelangweilt im Raum umsah.

»Du beißt doch nicht, oder?«

»Wie bitte?«

»Ich sagte, du beißt doch nicht?«

»Na ja, vielleicht knabbere ich ein wenig.«

Sie lachte, als wäre ich der Erste, der so etwas zu ihr gesagt hatte.

»Also, willst du, dass wir für dich tanzen, oder was?«

»Später vielleicht.«

Sie standen beide auf und gingen zum nächsten Tisch.

Ich beobachtete ein hübsches Mädchen, das für einen Typen tanzte, der betrunken und mit stierem Blick auf ihren Unterleib glotzte. Eigentlich tanzte sie nicht – sie vollführte, halb auf ihm liegend, laszive Bewegungen, wie ich es noch nie gesehen hatte. Es hatte etwas Gewalttätiges und Animalisches; es machte mir Angst, es weckte in mir das Gefühl, als würde ich die Kontrolle verlieren. Einer der Männer beobachtete mich und beugte sich zu mir herüber. »Das ist sein Tanz, Kumpel, nicht deiner.« Wie sie sich bewegte, hatte etwas Hypnotisierendes; ich musste mich zwingen, den Blick von ihr abzuwenden – es war das Erotischste, das ich jemals gesehen hatte, und gleichzeitig war mir, als wäre ich Zeuge, wie etwas ermordet wurde.

Alle zwei Minuten kam ein anderes Mädchen an den Tisch, die Unterhaltungen wiederholten sich.

»Hi, wie heißt du?«

»Neil.«

»Wie alt bist du, Neil?«

»Einundzwanzig.«

»Du siehst gar nicht danach aus.«

»Danke.«

»Soll ich für dich tanzen?«

Mein Vater kam von der Toilette zurück. Sofort setzte sich ein junges, blondes Mädchen mit vollen Lippen und einer tollen Figur neben ihn. Sie hieß Angel – sie war ruhig und verführerisch, sie sah meinem Vater direkt in die Augen, und er wurde ebenfalls sehr still. Ein weiteres Mädchen nahm neben mir Platz. Sie hieß Aphrodite. Sie war groß, hatte langes dunkles Haar, dunkle schokoladenbraune Augen und die größten Brüste, die ich jemals in meinem Leben gesehen hatte.

»Hallo, na, wie heißt du?«

»Neil.«

»Ich heiße Aphrodite.« Sie lächelte. »Na, wie würde es dir gefallen, wenn du deine Nase in diese großen Titten stecken dürftest, mein kleiner Seemann?« Mein Vater lächelte mir zu. Wir standen mit unseren Mädchen auf und gingen zur Wand hinüber. Wir saßen in einer Ecke und waren nur durch eine transparente, mit Wasser gefüllte Säule voneinander getrennt, in der die Luftblasen ständig die Farbe wechselten.

Aphrodite stand mit dem Rücken zu mir und wackelte mit dem Arsch vor meinem Gesicht, also beobachtete ich meinen Vater. Angel starrte ihm in die Augen und ließ über ihm langsam die Hüfte kreisen. Er hatte einen leeren, kapitulierenden Ausdruck im Gesicht – als ob er sich gegen seinen Willen verlieben würde. Über die Lautsprecher kam Stevie Nicks. Sie sang davon, eine Zigeunerin zu sein. Jeder Song kostete meinen Vater für uns beide vierzig Dollar, aber das interessierte ihn nicht.

»Sieht so aus, als ob sich dein Alter verliebt.«

Ich sah, wie er Angel etwas ins Ohr flüsterte – als würde er ihr etwas beichten. Sie nickte und flüsterte etwas zurück. Ich begann an Lenore zu denken, an das letzte Mal, als ich sie gesehen hatte. Ich konnte kaum glauben, dass es heute Nachmittag gewesen war. Es schien so lange her zu sein. Ich war froh, dass sie fort war und mit mir nichts mehr zu tun hatte.

»Ich könnte viel mehr Geld verdienen, wenn ich auf dem Strip meine Beine breit machen würde, aber ich bin nun mal eine anständige Frau.«

»Was?«

Aphrodite streckte mir den Arsch entgegen und unterhielt sich mit mir zwischen den Beinen hindurch. »Ich bin anständig. Deswegen könnte ich nie Geld verdienen, indem ich die Beine breit mache. Ich gehöre nicht zu diesem Pack.«

Als ich an Aphrodite vorbeiblickte, erkannte ich auf einer der Bühnen ein Tänzerin. Es war Kimmy. Sie trug eine Sonnenbrille und schwarze Lederstiefel, die ihr bis zu den Knien gingen. Mein Vater war so von Angel fasziniert, dass er nichts anderes mehr um sich herum wahrnahm. Als der Song zu Ende war, fragte mich Aphrodite, ob ich noch einen Tanz wolle. Ich sagte ihr, es reiche, und mein Vater würde zahlen.

Mein Vater nahm Kimmy nicht wahr, als wir die Bar verließen. Im Lokal war es so dunkel, dass man die Verletzungen, die er ihr vergangenen Abend zugefügt hatte, kaum bemerkte. Ich nehme an, Strippen war der einzige Job, den sie hatte bekommen können, bei dem ihre Verletzungen nicht sonderlich auffielen.

Draußen war es schwül – es fühlte sich an, als ob ein Gewitter aufziehen würde. Mein Vater packte mich von hinten an den Schultern, drehte mich herum, und plötzlich umarmte er mich. Er drückte mich fest an sich und hielt mich in den Armen. »Ich bin stolz auf dich«, sagte er. »Ich weiß, das sag ich dir nicht oft, aber es ist so.« Er sah mir in die Augen. »All das hast du dir verdient«, sagte er. Ich wollte, dass es wahr war. Ich wollte, dass alles wieder in Ordnung war. Ich wollte ihm glauben, wenn er seine Arme um mich legte und sagte, ich hätte mir das alles verdient. Aber ich wusste, er war betrunken. Ich wusste, er würde sich an diesen Augenblick nicht mehr erinnern. Er war ein Lügner, und ich konnte nichts von dem glauben, was er sagte.

In seinen Augen standen Tränen, und er murmelte etwas davon, dass er es hätte besser machen können. »Nein«, hörte ich mich selbst sagen. Ich sagte ihm, dass er sein Bestes gegeben habe. Und dennoch wollte ich ihm sagen, dass ich ihn hasste und dass er an dem, was er mir angetan hatte, kaputtgehen sollte. Aber ich konnte es nicht. Er war mein Vater. Und wo immer ich auch hinging, ich würde ihm nie entkommen.

39

Wir gingen über den Las Vegas Strip, vorbei an Caesar's Palace und Ballys. Er wollte zu Fuß gehen. Am Holiday Inn legte er Zwischenstation ein, um zu pinkeln. Es war zwei Uhr morgens, und noch immer warfen die Leute ihr hart verdientes Geld in die einarmigen Banditen und wünschten sich, alles wäre anders. Zu Beginn des Abends waren sie voller Hoffnung gewesen. Sie waren nüchtern und spielten mit Zurückhaltung, aber um zwei Uhr morgens hatte sie die Angst gepackt, und sie versuchten verzweifelt, wieder bei Null herauszukommen. Ich dachte an Reed und was er in diesem Moment tat.

Ich sah meinen Vater von der Toilette auf mich zukommen. Auch betrunken haftete seinem Gang etwas Präzises und Offizielles an. Er blieb stehen und sah einer alten Lady beim Blackjack zu und gratulierte ihr, als sie einen Fünf-Dollar-Chip gewann. Sie nahm meinen Vater kaum wahr, zog an ihrer Zigarette und wies den Croupier an, ihr ein neues Blatt auszuteilen.

»Ich hab Hunger«, sagte er zu mir.

Wir gingen ins *New York New York*-Hotel, damit er was zu essen bekam. Es hatte nur noch der Broadway Burger offen, bei dem mein Vater den »Meadowlands Special« bestellte, einen dreißig Zentimeter langen Hot Dog mit Pommes und einem Vanille-Milch-Shake. Er setzte sich auf eine Bank und mampfte seinen Hot Dog, während ich daneben stand und zusah, wie er alles verdrückte. Schließlich sagte ich ihm, dass ich pinkeln gehe, und wanderte auf der Suche nach einer Toilette durch die Kulissen, die den Straßen in New York nachempfunden waren.

Als ich zurückkam, unterhielt er sich mit einer etwa fünfundvierzigjährigen Frau.

»Ich hab eine Überraschung für dich.« An seinen Mundwinkeln klebte noch Senf.

Die Frau trug ein enges Kleid und besaß eine künstliche Bräune, die ihrem Gesicht um zwei Uhr morgens einen orangefarbenen Schimmer verlieh. Sie ließ mir ein dünnes, müdes Lächeln zukommen. »Ich hab gehört, du bist scharf auf eine Verabredung, Süßer.«

Sie hieß Gloria. Sie stellte sich vor, als wir darauf warteten, dass mein Vater das Hotelzimmer bezahlte. Niemand sagte etwas, als wir mit dem Aufzug in den achten Stock fuhren, nur mein Vater begann zu pfeifen – einen Song, den Neil Diamond an diesem Abend gesungen hatte, »The Last Thing on My Mind« von 1973.

Im Zimmer fragte sie meinen Vater, ob es ihm was ausmache, wenn sie das Telefon benutze. Sie rief ihre Agentur an, um sie wissen zu lassen, wo sie sich befand. Ich stellte mir einen Typen mit einer Kanone vor, der draußen im Wagen wartete. Wenn sie zu lange brauchte, käme er hereingestürmt, und da wäre ich dann, nackt und zitternd.

Mein Vater versuchte die Minibar zu öffnen und kämpfte mit dem Schlüssel, während ich mit Gloria Small Talk betrieb. Sie sagte mir, sie sei aus Denver. Ich bezweifelte, dass sie die Wahrheit erzählte, aber sie wirkte so, als sei ihr das alles ziemlich egal; vermutlich erzählte sie also sogar die Wahrheit.

»Wie lange bist du schon in Vegas?«

»Zu lange. Also, wie sollen wir's machen?«

»Er fickt dich, und dann fick ich dich«, sagte mein Vater, als er endlich die Minibar offen hatte.

Sie zog sich das Kleid über den Kopf. Mehr hatte sie nicht an, nur ein Kleid. Ich musste an die Formel-1-Wagen denken, die in wenigen Sekunden die Reifen wechseln konnten, da sie nur mit einer einzigen Schraube befestigt waren. Gloria erinnerte mich an einen Formel-1-Wagen – sie war auf Geschwindigkeit getrimmt. »Zieh dich doch schon mal aus«, sagte sie, während sie ins Badezimmer ging.

Mein Vater saß auf einem Stuhl und starrte mich mit einem Drink in der Hand an, während ich mich auszog. Und dann stand er auf und verkündete in den Raum hinein: »Ich hol ein wenig Eis.« Während er im Gang verschwand, zog ich mich ganz aus. Ich schlug die Laken zurück und legte mich aufs Bett. Gloria kam mit einem Waschlappen aus dem Badezimmer, den sie unter heißes Wasser gehalten hatte. Sie legte mir den Lappen zwischen die Beine und zog ihn sacht nach oben zum Bauch. Ich spürte, wie ich steif wurde.

»Schau an«, sagte sie.

Sie hatte gleich unterhalb des Nabels eine Kaiserschnittnarbe. Ich hatte noch nie eine gesehen, und plötzlich war mir klar, warum das »Kaiserschnitt« genannt wurde. Es kam mir wie ein böser Witz vor, wenn die Geburtsöffnung nach jemanden benannt wurde, den man erstochen hatte. Ich schaltete die Nachttischlampe aus, während sie eine Kondompackung aufriss. Das einzige Licht im Raum stammte von der Glühbirne über dem Eingang. Mein Vater kam herein, als sie mich streichelte. Er sagte nichts. Er setzte sich nur wieder auf seinen Stuhl und warf Eiswürfel in seinen Drink. Ich spürte, dass er uns anstarrte, als säße er vor dem Fernseher.

Gloria lag auf dem Rücken, nahm mich dann in die Hand und führte mich zwischen ihre Beine. Langsam bewegte ich mich vor und zurück, und bei jeder Bewegung gab sie ein leises, weiches Stöhnen von sich. Dann ließ ich mich langsam auf sie nieder, so dass mein Brustkorb ihre Brüste berührte; durch ihre geschlossenen Zähne flüsterte sie: »Nicht berühren!« Ich stieß mich ab und starrte auf das Bild der Freiheitsstatue, die über dem Bett hing. Als ich zu meinem Vater hinübersah, saß er auf seinem Stuhl und hatte die Jeans um die Knöchel. In der linken Hand hielt er seinen Drink, mit der rechten streichelte er sich selbst. Er saß nur so da, masturbierte, als wären wir Lichtjahre von ihm entfernt, als würde er hier etwas zum ersten Mal zu Gesicht bekommen, das bereits vor Millionen von Jahren geschehen war. Gloria legte ihre Hände auf meinen Hintern und zog mich in sich hinein. Als ich kam, spürte ich keine Erleichterung. Nicht eine Sekunde lang. Ich fühlte mich wie die Menschen unten im Casino – ich versuchte bei Null herauszukommen.

Gloria ging ins Badezimmer. Ich hörte, wie sie den Hahn aufdrehte. Mein Vater holte sich weiter einen runter. Ich glaube, er wusste noch nicht mal mehr, dass ich auch noch da war. Ich zog mich an. »Gehen wir«, sagte ich. Er nickte bedächtig, rührte sich aber nicht.

»Komm schon, Dad.« Es war das erste Mal, dass ich meinen Vater Dad genannt hatte. Es überraschte mich, als ich es aus meinem Mund hörte. Vielleicht wollte ich von hier nur so schnell wie möglich weg und wollte ihn schockieren, den Nebel des Alkohols und der Ratlosigkeit durchdringen. Aber eigentlich – ich weiß, es hört sich verrückt an – war es das erste Mal, dass ich ihn wirklich gesehen hatte. Sanft rüttelte ich ihn an den Schultern und sagte: »Komm schon«. Dann fasste ich nach unten und half ihm, die Hose wieder nach oben zu ziehen.

Als Gloria aus dem Badezimmer zurückkehrte, sagte sie: »Alles Gute zum Geburtstag.«

Erst jetzt wurde mir klar, dass mein Vater ihr erzählt hatte, dass heute mein Geburtstag sei. Er wollte sie glauben machen, es handelte sich um einen speziellen Anlass. Er wollte nicht, dass sie dachte, wir seien zwei völlig kaputte Typen.

40

Auf dem Weg zum MGM Grand schien mein Vater völlig vergessen zu haben, was soeben geschehen war. Er gluckste andauernd »Aphrodite, süßes Mädchen«, als wären die Olympic Gardens das letzte Lokal gewesen, in dem wir uns aufgehalten hatten. Er besaß kein Geld mehr, um für den Parkplatz zu zahlen; wir mussten zu einem Bankautomaten. Er hatte Gloria seine letzten zweihundert Dollar hingeblättert, war mit ihr über den Betrag in Streit geraten und hatte ihr schließlich alles gegeben, was noch in seiner Brieftasche war. Ich stand einige Schritte von ihm entfernt, während er seine Karte reinschob; plötzlich kam ein Gruppe von Leuten vorbei, ich spürte, wie ich mitgerissen und um die Ecke gezerrt wurde. Es waren die beiden FBI-Agenten aus dem Hotel. Sie schoben mich in einen Eingang und stießen mich gegen die Wand. Mein Kopf schlug gegen den Beton. Ich kam wieder zur Besinnung.

»Gut, hör zu! Du hast zwei Möglichkeiten, du kannst uns jetzt alles erzählen, oder du kannst warten, bis dein Freund herauskommt, denn in weniger als zweiundsiebzig Stunden wird er entlassen, und dann wird er uns erzählen, was du uns bislang so hartnäckig verschweigst!«

»Woher wollen Sie das wissen?« Wir drehten uns alle um. Es war mein Vater. Er stand hinter den Agenten und stopfte sich gelassen die Scheine in die Brieftasche.

»Sie können ihn nicht länger als drei Tage ohne Anklage festhalten«, sagte einer der Agenten.

»Dann werden wir eben Anklage erheben.«

»Weswegen? Wessen wollen Sie ihn anklagen? Sie haben keine Leiche!«

»Vielleicht findet sich eine.« Mein Vater starrte sie ausdruckslos an. Die Agenten sahen zu meinem Vater und hatten nichts mehr zu sagen. Es war das erste Mal, dass mir bewusst wurde, wie weit mein Vater bereit war zu gehen. »Und jetzt lassen Sie meinen Sohn in Ruhe.«

Wir gingen zum MGM und holten den Wagen. Ich setzte mich ans Steuer und fuhr los. Die Agenten hatten sich entfernt. Sie konnten nichts tun. Es dauerte nicht lange, bis mein Vater sich aufregte, weil ich bei Gelb an einer Ampel anhielt.

»Komm, schon, fahr los!«, brüllte er.

Dann murmelte er vor sich hin. Es dauerte eine Weile, bis ich bemerkte, dass er sich den polizeilichen Diensteid vorsagte. Er wiederholte ihn immer und immer wieder. An der nächsten Ampel rollte ich etwa einen halben Meter über die weiße Linie, und er schrie mich an, auszusteigen, damit wir die Plätze tauschen konnten. Mein Vater kutschierte uns aus Vegas. Wir ließen den Lärm und die Lichter hinter uns. Wir fuhren nach Norden, vorbei am Olympic Gardens, vorbei an den schmierigen Motels und den Pfandleihen und den Trailer-Parks. Las Vegas blieb hinter uns zurück, bis nur noch die Schwärze um uns war.

Und das war der Moment, als mein Vater die Scheinwerfer abschaltete. Wir rasten durch die Dunkelheit. Er hatte die Seitenscheibe unten, im CD-Player lief Neil Diamond, und mein Vater brüllte aus dem Fenster. Ich wollte ihn anschreien, tat es aber nicht. Als er die Scheinwerfer wieder einschaltete, befanden wir uns auf der Gegenfahrbahn. Er lenkte den Wagen auf die richtige Straßenseite und schaltete die Scheinwerfer erneut aus. Und in diesem Augenblick erkannte ich, dass es so etwas wie Fehler nicht gab. Alles, was ich gelernt hatte, stammte von meinem Vater. Ian Curtis war kein Unfall gewesen. Ich hatte mich seit Jahren auf Kollisionskurs mit ihm befunden.

»Halt an!«

Er trat auf die Bremse, ohne die Scheinwerfer anzuschalten. Es war dunkel, und ich konnte sein Gesicht nicht erkennen.

»Schrei mich nie wieder an«, sagte er.

Ich zitterte. »Was ist mit meiner Mutter geschehen?«

»Manche Dinge«, sagte er, »manche Dinge brauchst du nicht zu wissen.«

Mein Vater öffnete die Tür und stieg aus. Ich folgte ihm und wiederholte meine Frage. Ich konnte ihn nicht sehen, aber ich schrie: »Lauf nicht vor mir davon!« Er stand direkt vor mir. Ich konnte ihn fühlen. »Was hast du mit ihm gemacht?«

Mein Vater packte mich am Kragen und zog mich zu sich heran. Ich spürte, wie stark er war. »Du stellst zu viele Fragen.«

»Sag's mir. Sag es mir!«

»Er ist tot! Dagegen kannst du nichts mehr machen!«

»Wo ist er?«, brüllte ich ihn an.

Er stieß mich gegen den Wagen und drückte mich mit dem Gesicht gegen die warme Motorhaube. »Es ist vorbei«, sagte er. Und dann schob er mich in den Wagen zurück.

Wir rasten über den Highway. Ein streunender Hund geriet in den Scheinwerferkegel. Mein Vater wich aus und rettete dem dummen Köter das Leben.

»Bernice hat diesen Brief an mich geschrieben!«

Mein Vater sagte nichts.

»Als ich fünf war. Oder?«

Er starrte nur geradeaus auf die Straße und hörte Neil Diamond zu. Ich drückte auf den Auswurfknopf seines CD-Players und riss seine Neil-Diamond-CD heraus. Dann warf ich sie aus dem Fenster. Nun fuhren wir in der Stille. Er starrte auf die Straße.

Ich dachte an die Zukunft. Daran, am College Football zu spielen. Ich dachte an Lenore und Reed und den Hausmeister und die Kids, die mir Zigaretten gegeben hatten. Und dann dachte ich an Ian Curtis. Er weckte mich mitten in der Nacht, lauerte mir hinter Vorhängen auf und beobachtete mich hinter geparkten Autos. Und ich wusste: Egal was ich tat, ich konnte ihn nie wieder zum Leben erwecken. Ich stellte mir seine Eltern vor, wie sie zu Hause saßen und sich um ihren Sohn sorgten. Sie würden nie aufhören, nach ihm zu suchen. Sie würden nie Frieden finden. Aber vor allem dachte ich an den Brief, den Bernice geschrieben hatte. Und ich hörte nicht auf zu zittern.

»Ich weiß, dass sie den Brief geschrieben hat.«

»Du hältst dich wohl für besonders schlau«, war alles, was er sagte.

»Wo ist sie? Wo ist meine Mutter?«

»Ich weiß nicht, wo sie ist.«

Er schaltete das Radio an. Ich fasste hinüber und schaltete es aus. Er holte mit der Hand aus und traf mich am Kinn.

»Pass bloß auf, Junge.«

»Wo ist sie?«, schrie ich.

»Ich hab's dir doch gesagt!«, brüllte er. »Ich hab's dir doch gesagt!«

»Ich will die Wahrheit hören!«

Er schwieg. Und ich spürte, wie ich mich auflöste, wie ich mich mehr und mehr auflöste, bis nichts mehr da war, nur noch die Motorhaube des Wagens, die unter sich die Straße verschlang, und die Angst.

Und in diesem Augenblick wurde mir bewusst, dass es nicht meine Angst war. Diese Angst gehörte ihm. Ich hatte immer geglaubt, mein Vater habe vor nichts Angst, aber jetzt, als ich neben ihm saß, erkannte ich, dass er nur aus Angst bestand. Und ich hatte sie mein ganzes Leben mit mir herumgetragen. Ich spürte, wie die Kraft in mir wuchs; ich grinste in der Dunkelheit, ich grinste, weil ich wusste, dass ich nie mehr Angst haben musste. Ich musste dieses Geheimnis nicht mehr bewahren. Es gehörte mir nicht mehr.

41

Er sprach kein Wort, als wir das Haus betraten. Ich hörte, wie in der Küche die Flasche geöffnet wurde, während ich nach oben ging. Als ich mein Zimmer betrat, rollten die Donner wie Bulldozer über das Haus. Einige Sekunden später prasselten die Regentropfen nieder; das Haus begann zu zittern. Blitze zuckten am Himmel und erhellten die Wüste. Tiere blickten überrascht auf und verzogen sich im nächsten Loch oder unter dem nächsten Stein.

Ich setzte mich auf mein Bett, starrte auf das Foto meiner Mutter und fragte mich, ob ich sie jemals wiedersehen würde. Und dann ging ich die Treppe hinunter. Mein Vater starrte auf die klaffende Lücke in der Plastikplane. Der Regen und der Wind peitschten gegen ihn. Er war völlig durchnässt. Er nahm einen langen Schluck aus der Flasche, die er in der Hand hielt, dann drehte er sich um und sah mich an. Mir stockte der Atem. Ich hätte ihn kaum erkannt.

»Wo ist er?«, war alles, was ich sagte.

Mein Vater ging vor mir her. Über seiner rechten Schulter trug er eine Schaufel, in der linken Hand hielt er eine Taschenlampe. Wir brauchten sie nicht – der Himmel erhellte alle paar Sekunden die Erde, als wollte er die Wüste einschüchtern.

Wir begegneten einem Fuchs, der zu einem Kaktus huschte und dort zitternd, mit zerfetztem Fell sitzen blieb und uns beobachtete.

Wir gingen fast einen Kilometer weit, bis wir zu einer kleinen Ansammlung von Yucca-Palmen kamen. Mein Vater blieb dort kurz stehen, dann ging er vier Schritte von einer der Palmen weg und rammte die Schaufel in den Boden. Er warf mir die Taschenlampe zu und wollte zurück zum Haus.

Ich weiß noch immer nicht, was mich dazu veranlasste, mich auf ihn zu stürzen. Ich hatte, was ich wollte – ich hatte die Leiche. Gebückt rannte ich auf ihn zu. Er ging sofort zu Boden. Ich war auf ihm und drückte ihn mit den Knien nach unten, aber ich war nicht so stark wie er. Er stieß mich weg. Ich kam auf die Beine und versuchte von ihm wegzukommen, aber er stürzte sich bereits auf mich. Ich wich aus, wie er es mir gezeigt hatte; eine schnelle, kaum wahrnehmbare Körperdrehung, die mich aus der Schusslinie brachte.

Mein Vater landete auf dem Boden. Als er wieder aufstand, erhellte sich der Nachthimmel. Wir fixierten einander, während wir uns umkreisten. Dann hatte er mich im Schwitzkasten und schleifte mich über den Boden. Sein erster Schlag brach mir die Nase. In der Schwärze wurde mein Gesicht taub. Als sich der Himmel erhellte, blickte ich auf und sah, wie überrascht er war. Die Welt um uns herum verfinsterte sich wieder, dann spürte ich seinen Stiefel in den Rippen.

Ich taumelte zu einer der Palmen und zog mich daran hoch. Ich sah ihn auf mich zukommen, aber diesmal reagierte ich und trat ihm gegen die Knie. Er ging sofort zu Boden. Ich trat ihm in die Seite. Ich versuchte seinen Kopf zu treffen, aber er packte mich am Bein und zog mir die Füße weg. Ich rutschte auf dem glitschigen Untergrund aus, dann rangen wir am Boden.

Und plötzlich würgte er mich. Er hatte meinen Hals umklammert, und ich sah ihm in die Augen, und dort war keine Wut mehr zu sehen. Es war Angst. Und hinter dieser Angst, hinter diesen Millionen Kilometern der Dunkelheit sah ich ein Licht. Ich sah es zum ersten Mal, als mein Vater mich umzubringen versuchte.

Ich sah Liebe.

Die Beule über seinem rechten Auge blutete, sein Mund war aufgerissen, aber er schien nicht mehr so fern zu sein. Er war direkt vor mir, er war greifbar. Ich begann zu lachen. Ich hatte das Gefühl, als würden wir uns jetzt zum ersten Mal wirklich sehen. Ich hatte keine Angst mehr – ein heißes, sengendes Feuer schnitt durch meinen Rachen, und ich lachte.

Hinter meinem Vater erhellte sich erneut der Himmel, ein gewaltiger feuerroter Ball explodierte hinter ihm, und dann wurde es dunkel. Ich griff mir an den Hals, mein Körper wurde durchgeschüttelt, und dann kam das Licht wieder, und ich sah meinen Vater nicht mehr.

Ich sah meine Mutter.

Sie griff nach mir, griff mit ihren Händen nach mir. Und plötzlich konnte ich ihr Gesicht erkennen – ihren nach vorn geschobenen Kiefer, ihre Zähne, die flammenden Augen, und in ihren Händen, straff zwischen ihren Fäusten gespannt, befand sich ihre Strumpfhose.

Sie würgte mich. Ich schrie sie an. Nein! Bitte! Bitte! Aber es kam kein Laut. Ich war drei Jahre alt und hatte Mamis Schallplatte zerkratzt. Mami war wütend, und ich flehte sie an, aufzuhören, aber sie hörte nicht auf. Sie konnte nicht. Sie hasste mich, weil ich ihre Träume zerstört hatte. Sie hasste mich, und sie hasste meinen Vater, weil er sie gezwungen hatte, bei ihm zu bleiben und sich um mich zu kümmern. Und dann sah ich den Revolver. Und ich hörte den Schuss, der unser aller Leben veränderte. Ich sah meine Mutter zu Boden sacken. Und das war der Augenblick, in dem ich wusste, was geschehen war. In dem ich wusste, dass sie nicht mit einem Zahnarzt in einem herrschaftlichen Haus in Beverly Hills wohnte und dass ich sie niemals in einer Zahnpasta-Werbung sehen würde. Das war der Augenblick, in dem ich wusste, dass sie für immer fort war. Vielleicht hatte ich es schon, tief in meinem Herzen, die ganze Zeit gewusst, aber ich hatte nicht auf mein Herz hören wollen. Ich hatte einfach gewollt, dass alles in Ordnung war.

Mein Vater hatte sich vielleicht in all den Jahren gefragt, ob ich mich erinnerte, ob ich nur ihm zuliebe nichts sagte. Aber er sah es sofort, als die Erinnerung zurückkam. Er sah es meinem Gesicht an. Und er ließ mich gehen.

42

Ich lag auf dem Boden, ich blutete und war dreckverschmiert. Mein Vater war fort. Er war zum Haus zurückgegangen und hatte mich liegen lassen. Mein Gesicht war verschrammt, die Rippen und einige Knochen im Fuß waren gequetscht.

Der Regen fiel auf mein Gesicht und wusch mir das Blut und den Schlamm aus den Augen. Diese grünen Drinks, die sie sich als erstes am Morgen hineingeschüttet hatte. Ihren *grünen Kaffee*, wie sie sie bezeichnet hatte – und ihr Lachen, ein wütendes Fauchen, das aus dem Nichts zu kommen schien. An jenem Morgen sah ich zu, wie sie die Wäsche machte, und dann wanderte ich gelangweilt ins Wohnzimmer und versuchte, eine ihrer Tanzplatten auf den Plattenteller zu legen. Es war keine Absicht. Ich hatte es nicht gewollt. Sie kreischte auf, als die Nadel gegen die Rille kratzte. Ich wusste, ich hatte etwas Falsches getan, und deshalb rannte ich hinter den Vorhang, um mich zu verstecken. Und dann wurden die Vorhänge auseinander gerissen, und sie stand vor mir, und ich zitterte und wollte, dass sie mich in den Arm nahm, und nichts ergab Sinn. Ich hatte es nicht gewollt. Ich hatte es nicht gewollt. Diese Worte. Ich habe sie mein Leben lang beschworen.

Nach einer Weile hörte der Regen auf, und über dem Horizont war ein dünner, rötlicher Lichtstreifen zu sehen. Ich lag da, starrte in den Himmel und lauschte meinem Atem. Das Dröhnen war verschwunden, es war nichts mehr zu hören. Zum ersten Mal in meinem Leben empfand ich in der Stille so etwas wie Frieden, und ich wollte nur für immer hier liegen bleiben. Ich wollte hier liegen und zusehen, wie der Himmel die Farbe wechselte, und wollte nicht mehr kämpfen.

Ich dachte über meinen Vater nach und das Geheimnis, das er all die Jahre für sich bewahrt hatte. Allmählich begann ich alles zu verstehen – die Wand, die er eingerissen hatte, die Wand, an der er sie umgebracht hatte, die nur noch mit einer sonnendurchfluteten Plastikplane abgedeckt war und die wir nicht ansehen konnten, ohne zu blinzeln. Und sein Midori – das war der einzige Ort, an dem er Frieden finden konnte, und vielleicht glaubte er, er könnte sie wiedersehen, sich wieder mit ihr treffen dort irgendwo am Grund der Flasche. Und der Brief. Er hatte Bernice gebeten, ihn mir zu schreiben, weil er mir zu verstehen geben wollte, dass ich geliebt wurde. Auch wenn er es mir nicht persönlich sagen konnte, sollte ich wissen, dass Mami mich liebte und Daddy auch.

43

Ich kroch zum Haus zurück, da ich nicht in der Lage war zu gehen. Ich öffnete die Eingangstür und humpelte hinein. Schlammverschmiert betrat ich das Wohnzimmer und sah meinen Vater still in seinem Sessel sitzen, auf seinem Schoß lag der Dienstrevolver. Er kam mir nicht mehr gewaltig vor; ich hatte meinen Vater immer für einen mächtigen Mann gehalten, aber als er nun in seinem Sessel saß, wirkte er gebrochen und harmlos, und ich wunderte mich, wovor ich jemals Angst gehabt hatte.

»Ich weiß, was geschehen ist«, sagte ich zu ihm. »Ich weiß, dass du sie umgebracht hast.« Er sah mir direkt in die Augen, als ich es ihm erzählte. »… und dass du mir das Leben gerettet hast.« Er rührte sich nicht, er verzog keine Miene, aber Tränen liefen ihm über das Gesicht.

»Sie hat dich geliebt«, sagte er. Er wiederholte es unter Tränen. Mein Vater hatte mir niemals gesagt, dass er mich liebte. Und jetzt fragte ich mich, ob es deshalb geschehen war, weil er mir nicht den Eindruck vermitteln wollte, dass so die Liebe aussehe. Ich hatte meinen Vater immer für unverwundbar gehalten. Ich weiß nicht, warum ich gedacht hatte, dass überhaupt ein Mensch unverwundbar sein könnte. Er hatte sich so ausweglos in die Enge manövriert, dass für andere Menschen kein Platz mehr war. Und wovor er am meisten Angst hatte, war, allein zu sein. »Sie war unschuldig.« Das sagte er. »Ich wollte sie nur retten. Ich wollte alles gutmachen, was ihr vorher zugestoßen war.« Ich nahm ihm die Waffe weg und leerte die Patronen in die Hand. Er sah mich an. Sein Gesicht war noch mit Schlamm verschmiert, seine Augen waren rot und geschwollen.

»Alles, was ich getan habe, habe ich für richtig gehalten.«

Durch das Fenster sah ich den Polizeiwagen langsam die Einfahrt entlangfahren. Wir saßen da, bis Stokely und Quinlan an der Tür klingelten. Mein Vater hatte sie angerufen. Er wollte nicht, dass das FBI eingeschaltet wurde, er wollte, dass seine Männer die Sache aufklärten. Sie ließen uns duschen und fuhren uns dann zur Dienststelle. Mein Vater weinte, als er erzählte, was vorgefallen war. Er erzählte ihnen von Ian und von meiner Mutter. Sie vermittelten den Eindruck, als wären sie am liebsten gar nicht anwesend. Sie starrten beide auf das Blatt Papier, auf dem Quinlan die Aussage notierte. Sie sprachen nicht miteinander, sie saßen uns lediglich am Tisch gegenüber und rutschten nervös hin und her, während mein Vater und ich ihnen alles erzählten.

DANACH

44

Solange ich zurückdenken kann, hatte ich Angst vor meinem Vater. Auch wenn ich mir einzureden versuchte, er sei der Sheriff von Carmen und seine Aufgabe sei es, den Menschen zu dienen und sie zu schützen, half mir das nicht weiter; ich war der Grund dafür, dass er verlassen worden war. Deswegen hasste er mich. Vielleicht war es nicht logisch, aber die Wahrheit hat selten mit Logik zu tun. Ich hatte Angst vor meinem Vater, weil ich nicht wusste, wozu er fähig war. Deshalb legte ich Ian Curtis in den Kofferraum. Ich erwartete nicht, dass mein Vater ihn finden würde. Und ich erwartete nicht, dass er ihn verstecken würde. Als er Ians Leiche im Kofferraum entdeckte, wurden für ihn seine schlimmsten Befürchtungen wahr. Wie der Vater, so der Sohn, hatte er immer gesagt. Seine größte Angst war, ich könnte so werden wie er. Als er Ians Leiche versteckte, begann ich meinen Vater infrage zu stellen. Ich begann alles infrage zu stellen, und letztendlich begann ich damit seine Gründe zu verstehen.

Ich wurde zu zwei Jahren wegen fahrlässiger Tötung verurteilt, mein Vater zu fünf Jahren wegen Totschlags. Wir sitzen die Strafe in einem Gefängnis in der Nähe von Boulder City, Nevada, ab. Ich erinnere mich an die Curtis', die mich bei der Anklagevernehmung angestarrt hatten. Sie saßen nicht nebeneinander. Mr. Curtis war weiter hinten im Saal, während Mrs. Curtis mit Burden und Mary ganz vorne saßen. Ich habe gehört, sie hätten sich getrennt, und Mr. Curtis sei in ein Apartmenthaus in Vegas gezogen. Ich fürchtete, sie würden mich anschreien oder hysterisch zu weinen beginnen, aber sie saßen nur da und hörten zu. Hätte man es nicht gewusst, wäre niemand auf die Idee gekommen, dass sie Ians nächste Verwandten waren. Sie wirkten gefasst, aber der äußere Schein trügt manchmal.

Ich weinte nicht, als ich dem Gericht meine Geschichte erzählte. Ich erzählte nur die Fakten. Ich erzählte ihnen nicht die Wahrheit und nichts als die Wahrheit. Ich erzählte ihnen nichts von meiner Angst. Das mag die Wahrheit gewesen sein, aber keiner will wirklich die ganze Wahrheit hören. Letztendlich bräuchte man dafür eine Ewigkeit. Ich sah zu Burden, als ich meine Aussage machte. Er wusste über mich mehr als sonst jemand im Gerichtssaal. Er war im Haus meines Vaters gewesen.

Drei Wochen nach dem Unfall mit Ian setzten die Träume ein. Ich fuhr direkt auf ihn zu, ich sah das Entsetzen in seinen Augen, und während ich das Lenkrad herumriss, blockierte die Steuerung, und er wurde vom Wagen weggeschleudert. Man gab mir Tabletten, damit ich schlafen konnte, aber die Träume wollten nicht weggehen. Noch immer stellt sich dieser Traum fast jede Nacht ein. Ich denke, ein Teil in mir will nicht, dass der Traum verschwindet – ein Teil von mir braucht ihn, als wäre in mir ein dunkler Abgrund, an den ich immer wieder erinnert werden muss. So bleibt nur die Reue. Und wie sehr ich mir auch wünsche, alles wäre anders, sooft ich in meinen Träumen auch versuche, das Lenkrad herumzureißen … er ist tot. Solange ich leben werde, wird Ian Curtis tot sein.

Manchmal erscheint mir meine Schuld so unerträglich, dass ich mir wünsche, ich wäre ebenfalls tot. Doch dann gibt es Momente, kurze Momente wie vor einigen Wochen, als Reed mich besuchen kam, in denen alles in den Hintergrund rückt. Von diesen Momenten zehre ich. Ich glaube nicht, dass Reed mich noch einmal besuchen will. Aber vielleicht bin ich deshalb im Gefängnis; denn wäre es anders, wäre ich an seiner Stelle, wüsste ich, dass ich ihn niemals besuchen würde. Er bekam einen Vertrag der UNLV – Lime hatte ihn rekrutiert, und im Herbst wird er dort sein erstes Spiel bestreiten. Er saß vor mir und erzählte mir von seinen Plänen. Es ist komisch, wie lange man einen Menschen immer auf die gleiche Weise wahrnimmt, und dann, eines Tages, sieht man ihn völlig anders, ohne dass er auch nur das Geringste dafür getan hat.

Manchmal denke ich daran, ihm zuzusehen, wenn er für seine neue Schule spielt. Ich stelle mir vor, an der Seitenlinie zu stehen und ihn anzufeuern, wenn er in die Mitte geht, aufzuspringen, wenn er in die Endzone eindringt und der Ball in seine Arme segelt; die Faust zu erheben, wenn er sich mir zuwendet, und ihn wissen lassen, dass ich ihn unterstütze, ihn wissen lassen, dass ich ihn liebe.

Vor einigen Tagen, morgens im Hof, sah ich meinen Vater Basketball spielen. Er war weit weg, aber auch er bemerkte mich und kam an den Zaun. Ich weiß nicht, wie lange wir uns angestarrt haben, vielleicht waren es nur wenige Sekunden, aber mir wurde bewusst, dass sein ferner, abwesender Blick verschwunden war. Dieser Blick in seinen Augen, über den ich mir mein ganzes Leben lang Gedanken gemacht hatte, er war verschwunden, und ich sah eine andere Seite meines Vaters. Ich hob die Hand, und er tat es ebenso. Der Teil meines Vaters, der mir so lange Angst eingejagt hatte, war verschwunden, er war mit unserem Geheimnis einfach davongeschwebt. Er sah, als er hinter dem Zaun stand, mit seinen langen, baumelnden Armen wie ein kleiner Junge aus. Ich wollte ihm danken, ihm einfach zurufen, danke, dass du mir das Leben gerettet hast. Ich habe noch immer das Foto von uns dreien. Früher hatte ich meinen Vater mit dem Daumen verdeckt und nur meine Mutter betrachtet. Ich hasste es, wenn ich sehen musste, wie glücklich er gewesen war. Ich glaubte es ihm nicht. Aber jetzt weiß ich, dass das die Person war, die er wirklich ist.

Hoffnung ist etwas Seltsames. Sie lässt einen niemals fallen. Man kann sogar auf das Falsche hoffen, und wenn man ihm vertraut, kann einen auch das Falsche weiterbringen. Ich habe mein ganzes Leben darauf gewartet, dass meine Mutter zurückkehrt und mich rettet. Ich wusste, eines Tages würde sie kommen, und ich würde endlich die Wahrheit erfahren, und alles wäre in Ordnung. Und ich denke, genau das ist eingetreten.

Heute werde ich entlassen. Der Wärter sagte mir soeben, dass der Direktor in wenigen Minuten kommen wird. Durch das Fenster streicht ein kühler Lufthauch. Die gesamte Woche ist es drückend heiß gewesen, heute aber verspricht es ein schöner Tag zu werden.

Den ganzen Morgen dachte ich an jene Männer in der Lobby des MGM, die darauf warten, Neil Diamond zu sehen. Ihre Gesichter gehen mir nicht aus dem Kopf. Ihre Mienen verändern sich, wenn er zu ihnen singt. Etwas geschieht, das ich nicht verstehe. Die Zeit steht still, und ihre Vergangenheit fällt von ihnen ab. Das ist es. Ihre Vergangenheit fällt von ihnen ab. Und für einen kurzen Augenblick erhellen sich ihre Gesichter vor Hoffnung, und sie sind frei.

Es gibt so vieles, von dem ich mich verabschieden, so vieles, das ich hinter mir lassen möchte. Aber ich weiß nicht, wie ich es bewerkstelligen soll. Ich weiß es nicht, und das macht mir Angst. Alles, was ich weiß, ist, dass in diesem Moment der Wind durch mein Haar streicht; er fühlt sich kühl an auf der Haut. Ich spüre, wie mein Ellbogen über den Tisch gleitet, während ich schreibe. Und ich spüre, wie ich zu weinen beginne. Ich weine, weil ich weiß, dass ich vor nichts mehr Angst zu haben brauche. Ich weine, weil ich weiß, dass ich frei bin.

Gustav Lübbe Verlag ist ein
Imprint der Verlagsgruppe Lübbe

Übersetzung aus dem Amerikanischen
von Karl-Heinz Ebnet
Titel der amerikanischen Originalausgabe:
Diamond Dogs

Textredaktion; Claudia Alt, München
Schutzumschlag und Layout: Guido Klütsch, Köln
unter Verwendung eines Fotos von Alan Berger,
Tony Stone und P. E. Reed, Photonica.
Satz: Dörlemann Satz, Lemförde
Gesetzt aus der Berkeley-Oldstyle
Druck und Einband: Friedrich Pustet, Regensburg

Printed in Germany
ISBN 3-7857-2065-3

1 2 3 4 5

Sie finden uns im Internet unter:
http://www.luebbe.de